D&D®

MADELEINE ROUX

D&D

DUNGEON ACADEMY

Il segreto del minotauro

Traduzione di Matteo Mazzuca
Illustrazioni di Tim Probert

MONDADORI

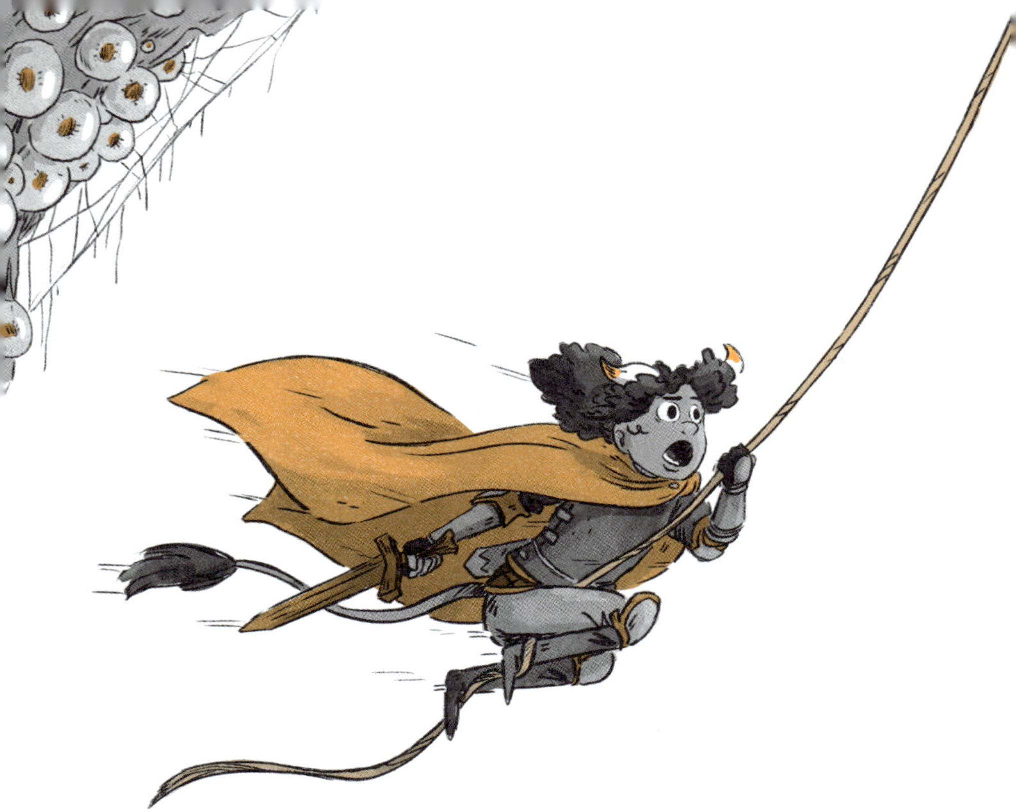

Redazione di Cristina Panzeri

www.ragazzimondadori.it

Titolo dell'opera originale
Dungeons & Dragons. Dungeon Academy. No Humans Allowed!
Prima edizione: ottobre 2022
Stampato presso ELCOGRAF S.p.A.
Stabilimento di Verona (VR)
Printed in Italy
ISBN: 978-88-04-76322-2

A Jason e Britt.
Grazie per avermi fatto conoscere D&D.

1

Zellidora "Zelli" Colpotonante batteva la punta dello stivale con impazienza, fissando le palpebre lucenti dello slaad che ticchettavano a ogni battito di ciglia. Nessuno aveva manifestato particolare entusiasmo per il recente programma di scambio interdimensionale che aveva portato gli slaadi nella scuola, fatta eccezione per gli slaadi stessi, decisamente a proprio agio. La maggior parte degli studenti desiderava solo che se ne tornassero nel loro piano dimensionale d'origine, il Limbo, portandosi via il viscidume delle loro dita e della loro condotta. Ma, almeno in quel frangente, Zelli aveva preso a cuore le sorti dello slaad. Poiché era il batrace più liscio della sua classe, era anche un bersaglio. Privo com'era di verruche e aculei dorsali, non poteva intimidire nessuno, e quindi nessuno lo rispettava. Alla Dungeon Academy, nessuno voleva essere il più liscio o il più carino; tutti volevano essere *i più spaventosi*.

Ad appena un tiro di pietra dallo scaffale polveroso dietro cui lei e il piccoletto si erano nascosti, una tavolata di slaadi verrucosi, irti e puzzolenti – e quindi temuti – era intenta a sghignazzare su un libro, tra un gorgoglio e l'altro. Cose da *maschi*, probabilmente. Zelli non lo sapeva, né le interessava particolarmente.

«Quale di questi idioti ti dà fastidio?» chiese in un sussurro, frenando l'istinto di intrecciare e scrocchiare le dita. Avrebbe eliminato l'effetto sorpresa. Gli slaadi, solitamente, erano grossi, molto grossi, e l'idea di trovarsene uno addosso non la attirava per niente.

Gixi, il goffo slaad che tremolava di fianco a lei, puntò uno dei polpastrelli tondi verso il batrace più corpulento del mucchio. «Quello. È il peggiore. Il *peggiore*. Non mi lascia mai in pace, nemmeno per un secondo. Quando si sono trasferiti a Faerûn, suo padre si è risposato con una drake minore e ora pensa di essere il re della scuola. Dice che...»

«Calma, Gixi, la storia della sua vita non mi interessa.» Gli diede un colpetto sulla spalla umidiccia e gli fece un cenno con la mano, invitandolo a mostrare la mercanzia. La ricompensa. Non avrebbe preso le parti di quella mezza calzetta per niente. Di solito, si teneva fuori dai guai. Di solito. Ma questa era un'occasione speciale. «Mostrami di nuovo l'anello.»

Lo slaad estrasse dalla borsa di pelle che teneva a tracolla una consunta scatola di velluto, grande all'incirca quanto un pugno. Sollevò il coperchio, rivelando un grosso anello d'argento, ammaccato e macchiato di... qualcosa. Fango, auspicabilmente.

"Speriamo che non sia sangue di avventuriero" pensò Zelli. Poi disse con un sospiro: «È tutto ammaccato!».

«Lo vuoi o no?»

«E va bene, vigliacco. Aspetta qui.»

Zelli fece irruzione da dietro la libreria, piombando nell'alcova della biblioteca. Un lampadario di ferro battuto penzolava sopra il tavolo dove si erano riuniti gli slaadi, illuminando la fiera degli imbecilli sottostante.

Zelli si rimboccò le maniche, marciò dritta alle spalle del grosso slaad pieno di verruche indicato da Gixi e lo toccò sulla spalla. «Datti una mossa, ameba» gli intimò.

Il batrace dalla schiena acuminata girò su se stesso con un gorgoglio strozzato e confuso, poi

Zelli arretrò, trasse un profondo respiro e gli ruggì in faccia.

Dietro la libreria, udì Gixi ridacchiare, mentre il bullo ruzzolava giù dalla sedia con un gracidio di sorpresa. I suoi amici eruppero in una risata fragorosa, reggendosi le pance chiazzate e segnandolo a dito, rotolando a loro volta per terra.

«Dovresti vedere la tua faccia!» disse un tappetto verde. «Te l'ha proprio fatta!»

Zelli sorrise e incrociò le braccia. «Lascia stare Gixi, o ti farò fare un'altra figuraccia. Ma la prossima volta sarà in refettorio, capito?»

Non attese una risposta. Le risate proseguirono, mentre tornava dal piccolo slaad che gongolava al riparo degli scaffali. Prima che Zelli potesse aprire bocca, Gixi le ficcò la scatola tra le mani, saltellando agitato come la superficie di una melma ribollente. «Prendi! Ecco l'anello. Te lo sei guadagnato, Zelli. Sei la migliore!»

Si diede alla fuga prima che gli altri slaadi si accorgessero di lui, lasciando Zelli a fissare la scatola con il gioiello ammaccato. «Non sono la migliore» mormorò, uscendo lentamente dalla biblioteca. «Non sono nessuno.»

Comunque fosse, aveva ottenuto ciò che le serviva. Uscendo, si fermò al banco dei prestiti. La biblioteca della Dungeon Academy si estendeva per sei livelli: era un'umida caverna zeppa di tomi, pergamene, manuali e lapidi, un labirinto di scale e pianerottoli che disorientava anche gli studenti del quinto anno.

Zelli conosceva tutte le nicchie e gli anfratti. In quella biblioteca passava da sola un sacco di tempo, forse anche troppo.

Mentre si avvicinava al bancone, le parve di sentire la voce roca della madre: «Devi farti degli amici, Zelli. Almeno provaci!».

Zelli voleva troppo bene a sua madre per sottolineare che il motivo per cui nessuno voleva essere suo amico era lo stesso per cui nessuno le dava troppo fastidio.

Al bancone c'era Shinka Tomoduro. L'anziana bibliotecaria era una cobolda dal muso allungato, ed era appollaiata su svariati tomi ponderosi. Avrebbe potuto usare le ali per raggiungere il bordo del bancone, ma risparmiava le energie per i momenti in cui avrebbe dovuto volare fino ai recessi più alti della biblioteca. Vestita di stoffe ammuffite, perline e frammenti di pergamena, la cobolda la scrutò da dietro gli occhiali malmessi, sorrise e diede a Zelli il libro che le serviva prima che potesse chiederlo. Quindi tornò a spolverare con amorevole cura una copia di *I molti trionfi dei draghi di Acquafonda contro*

i flumph della Dungeon Academy. Il libro scintillava vistosamente: un incantesimo lo proteggeva dalle manacce degli studenti più viscidi.

Zelli guardò con simpatia la piuma dotata di occhietti vispi che, lì accanto, vergava febbrilmente le note dei prestiti su una pila di pagine macchiate di inchiostro. Si trattava di un essere mutaforma chiamato mimic – uno dei tanti presenti nell'accademia – né maschio né femmina, capace di assumere di volta in volta le sembianze degli oggetti più vari, a seconda del bisogno.

«Grazie!» disse Zelli, con la scatola dell'anello in una mano e il libro nell'altra. Era stata fortunata ad accaparrarsi la sola e unica copia di quel manuale sugli avventurieri umani. Sperava che un saggio potesse strappare un credito extra al professor Gast. Non si sa come, rischiava di non passare l'esame di Storia di orribili umani, e tanto valeva sforzarsi di guadagnare un credito extra piuttosto che capire il motivo della sua difficoltà.

«Di niente, cara. Qualsiasi cosa, per la pupilla del professor Gast!»

La bibliotecaria aveva sempre avuto un debole per lei, a differenza di tutti gli altri insegnanti. Cioè, a parte una notevole eccezione, nonché la sua prossima meta. Zelli sfrecciò nell'atrio, lanciando un'occhiata nervosa al pendolo gigante che scandiva il tempo nel corridoio, inesorabile. Il pendolo non era altro che la vecchia, grande ascia di Folleferro, un barbaro umano che aveva cercato – e mortalmente fallito – di conquistare l'accademia. Il maestoso corridoio si estendeva per tutta la lunghezza della parte centrale della scuola, l'antico cuore di pietra che ospitava la biblioteca, l'ingresso, il refettorio, gli alloggi del preside e l'arena di allenamento.

Zelli corse nel corridoio, accompagnata da un frullio di ali di pipistrello. Conosceva le trappole e i trabocchetti che costellavano il pavimento. Alcuni erano annidati sotto i tappeti logori, altri si trovavano in bella vista. Centinaia di lame oscillanti e dardi avvelenati attendevano nelle nicchie lungo le pareti. Mai usati fino ad allora, erano però sempre pronti a entrare in azione a protezione dagli incauti avventurieri che avessero tentato di varcare le mura diroccate della Dungeon Academy, minacciandone gli studenti. Il corridoio puzzava di umidità e marciume, di cera e carbone. L'aroma delle profondità, dei luoghi oscuri e dimenticati dove i mostri attendevano nel buio. In realtà, nell'oscurità dell'accademia si trovavano pochi mostri. I futuri inquilini dei dungeon più pericolosi di Faerûn – i guardiani del bottino, gli esperti di trappole e le creature infestanti – conducevano tutti i propri affari all'aperto.

Nessuno salutò Zelli mentre si affrettava a est lungo il corridoio, verso l'arena di allenamento, né lei notò nessuno dei soliti frequentatori. Jizek, una dao che adorava aggirarsi nell'ombra, era una leccapiedi particolarmente fastidiosa che traeva un piacere malsano nel fare la spia sugli studenti che non si trovavano dove dovevano essere. I dao, ovviamente, erano in grado di distinguere le buone intenzioni dalle cattive, e così Jizek era pronta a denunciare qualsiasi ripugnante gesto di gentilezza. Davi una mano a qualcuno? Jizek lo diceva. Facevi un complimento a un goblin per come era vestito? In punizione. Offrivi a qualcuno metà della tua merenda? Jizek l'avrebbe scoperto con una sola occhiata penetrante, e il castigo sarebbe seguito nel giro di poco. Mentre varcava il portone del refettorio, Zelli venne travolta da uno tsunami sonoro. Lanciò un'altra occhiata al pendolo. Aveva tempo a sufficienza per trovare sua madre e poi mandare giù un po' di porridge mentre finiva il saggio che le serviva per il credito extra.

La voce di sua madre le tornò in mente, stavolta ancora più esasperata. "Per tutte le pergamene Nether di Netheril, Zellidora Colpotonante, i compiti vanno fatti per tempo!"

Zelli non aveva bisogno di immaginare la voce della madre, mentre svicolava dalla porta del Dungeon Est avventurandosi nel pungente freddo invernale. La professoressa Kifin Colpotonante stava attraversando con impeto il campo da pallamacello. I suoi passi echeggiavano lungo le montagne che isolavano l'accademia dal mondo esterno, tuonando per tutto il campo da gioco e immobilizzando sul posto gli studenti.

La ragione per cui all'accademia nessuno faceva amicizia con Zelli né la infastidiva si ergeva alta e fiera nell'erba fitta, con le corna affilate e ricurve, la coda ornata di anelli di acciaio e una stazza che la rendeva più simile a una statua che a una creatura in carne e ossa.

«Fate pena!» tuonò la professoressa Colpotonante. «Quando gli umani invaderanno i vostri confini, inciamperete nei vostri stessi piedi?»

Era intenta a istruire una dozzina di studenti gnoll un anno più grandi di Zelli. Erano ispidi, muscolosi e zannuti, pieni di pulci e cicatrici, con una folta criniera e molto cattivi, tranne al cospetto della professoressa minotauro. Mentre indietreggiavano intimoriti dalla madre di Zelli, un tanfo di cane bagnato aleggiava intorno a loro.

«Ora preparatevi a sorprendere il nemico, e stavolta vedete di non deludere Yeenoghu, signore

dei demoni» stava dicendo la professoressa Colpotonante. Zelli trotterellò nell'erba a passi leggeri, diretta verso l'imponente minotauro. Un paio di gnoll si accorsero di lei e sogghignarono, poi ci ripensarono e si accosciarono per esercitarsi nell'agguato. Zelli rivolse loro un'occhiata dura. Un conto era suscitare la collera di un minotauro, ma destare l'ira di una madre minotauro era tutt'altra faccenda.

«Tesoro!» La madre si chinò per salutarla. Zelli non si capacitava di come facessero a ingannare tutti: le corna finte sulla sua testa e la coda infilata nei pantaloni non la rendevano per nulla simile alla madre adottiva. D'altra parte, nessuno aveva il coraggio di parlare a viso aperto con la professoressa Colpotonante, che poteva polverizzare chiunque con un sol pugno. Il suo tono si fece più duro quando si accorse del libro che Zelli teneva sottobraccio. «Vedo che continuiamo a fare i compiti durante l'ora di pranzo» disse.

«È solo una lettura in più» borbottò Zelli, poi le diede la scatola di velluto. «Buon compleanno!»

«Oh, tesoro. Non ce n'era bisogno!» Sbirciò dentro e sorrise vedendo l'anello da naso, anche se era sporco e consunto. «Zellidora, è bellissimo. Sei il mio raggio di buio. Grazie!»

Il minotauro si piegò ancora di più, come per scoccare un bacio sulla zazzera di riccioli neri di Zelli.

Zelli abbassò la testa e si schiarì la voce, con lo sguardo che vagava verso gli gnoll che le osservavano tra l'erba alta.

«E va bene, non ti metterò in imbarazzo.»

«Devo andare a lezione» borbottò Zelli, voltandosi prima che qualcuno potesse accorgersi del cambio di colore delle sue guance.

«E non dimenticarti di mangiare! Se non mangi non diventerai mai spaventosamente alta!»

Zelli allontanò con un gesto le preoccupazioni della madre e tornò sui suoi passi, ripiombando nella fresca umidità dei corridoi dell'accademia

e poi svoltando bruscamente a sinistra, verso il refettorio affollato.

Mentre Mavis, un torreggiante elementale del fuoco, scodellava brodaglia su un bancone, gli studenti si divisero nelle rispettive combriccole: i miconidi, popolo fungino – o "alito di scoreggia", come li chiamavano i bulli – avevano colonizzato un tavolo, sbuffando e disseminando spore ovunque; i coboldi si erano riuniti attorno a un lungo tavolo pieghevole in fondo, sghignazzando tra dadi e cosciotti arrosto; una dozzina di mimic si era ammassata vicino alla porta come una pila disordinata di cianfrusaglie nella stanza di un adolescente, anche se alcuni avevano deciso di sgranocchiare la carogna cucinata per loro mantenendo la propria forma naturale, una massa gelatinosa percorsa da nervi e con un nucleo nel mezzo; gli gnoll che in quel momento non erano vessati da sua madre banchettavano con bistecche al sangue nell'angolo a nord-ovest, mentre il manipolo di slaadi faceva comunella non lontano, esibendosi in una versione a squarciagola dell'inno dell'accademia.

DIMORIAMO! CI GONFIAMO! RUGGIAMO, ARTIGLIAMO
E PUZZIAMO! URTIAMO (NELLA NOTTE), SPINGIAMO
(A SUON DI BOTTE) I FLUMPH DELL'ACCADEMIA...

Mostri, obbrobri e creature di ogni taglia e colore cianciavano a piena voce, mentre la sola e unica umana, camuffata da minotauro, sgattaiolava nella sala, agguantava una scodella di porridge insipido e bruciacchiato, e si trovava un posto insignificante dove badare ai fatti suoi e portare a termine il compito che, forse, le avrebbe salvato la pagella.

Era esattamente ciò che Zelli aveva intenzione di fare, con il pranzo in una mano e la sua amata copia di *Manuale sugli umani per mostri e abitatori del buio* tenuta aperta con il gomito. Uno sbuffo di polvere si alzò mentre Zelli sfogliava rapidamente le pagine di pergamena fino al capitolo più adatto al compito. Ma appena giunse alla pagina che le interessava, il porridge che stava mangiando le andò di traverso. Il capitolo si apriva con un ritratto a inchiostro e acquerello, l'immagine di una fiera donna umana che avrebbe potuto essere la gemella di Zelli. Sotto, la didascalia recitava: "Allidora Fendiforte, la Lama inarrestabile".

Si sentì svenire. La donna, che posava impugnando una spada alta la metà di lei – anche Zelli preferiva le spade – era raffigurata con una chioma fitta di ricci neri, la pelle scura e occhi gialli e felini, che anche in quella semplice illustrazione sembravano brillare di malizia.

«La mia Zelli, sempre a caccia di guai» amava dire la professoressa Colpotonante. «Due occhi pieni di segreti.»

Zelli non era sciocca al punto di credersi un autentico minotauro. Per un po' l'aveva fatto, ma una volta diventata grande si era accorta delle innegabili differenze tra lei e le due matriarche che l'avevano cresciuta. Kifin e Iasme le erano sempre state vicine, due madri adorabili a cui voleva bene e di cui si fidava. Ma tra lei e loro si era rotto qualcosa, la notte in cui le spiegarono che non era una di loro.

Non era un minotauro destinato a infestare un labirinto mortale o a dare la caccia agli avventurieri in un deserto impietoso. Iasme l'aveva trovata un giorno, per caso, mentre era in cerca di cibo: una piccola cucciola *umana*, ai loro occhi grande come un pisello, debole e indifesa, che piangeva in una cesta, al riparo di un canneto ondeggiante. Una cucciola di umani. *Di umani, i nemici di ogni mostro.*

La nascosero, ovviamente, e la travestirono da minotauro. Grazie all'autorità di Kifin, la iscrissero all'accademia. Nessuno si azzardava a discutere con un minotauro, figuriamoci con due, e così la vita di Zellidora Colpotonante era proseguita senza scossoni. Zelli si era sempre chiesta perché le sue genitrici non avevano avuto paura di accogliere un'umana. Solo una volta aveva trovato il coraggio di domandarlo a loro. Iasme aveva scrollato le spalle. «Tua madre non ha paura di niente.» Ma nello sguardo del minotauro c'era qualcosa di più, e Iasme le era sembrata così triste che aveva deciso di non insistere.

«È lei» sussurrò Zelli, specchiandosi negli occhi della donna, nella sua postura, nel suo atteggiamento. Nel suo *nome*. «È lei la mia vera madre.»

E la sua vera madre sarebbe stato l'argomento della lezione successiva, Storia di orribili umani. Zelli inspirò a fondo e cercò di leggere, ma i suoi occhi erano velati di lacrime. No. Nessuno l'avrebbe vista così.

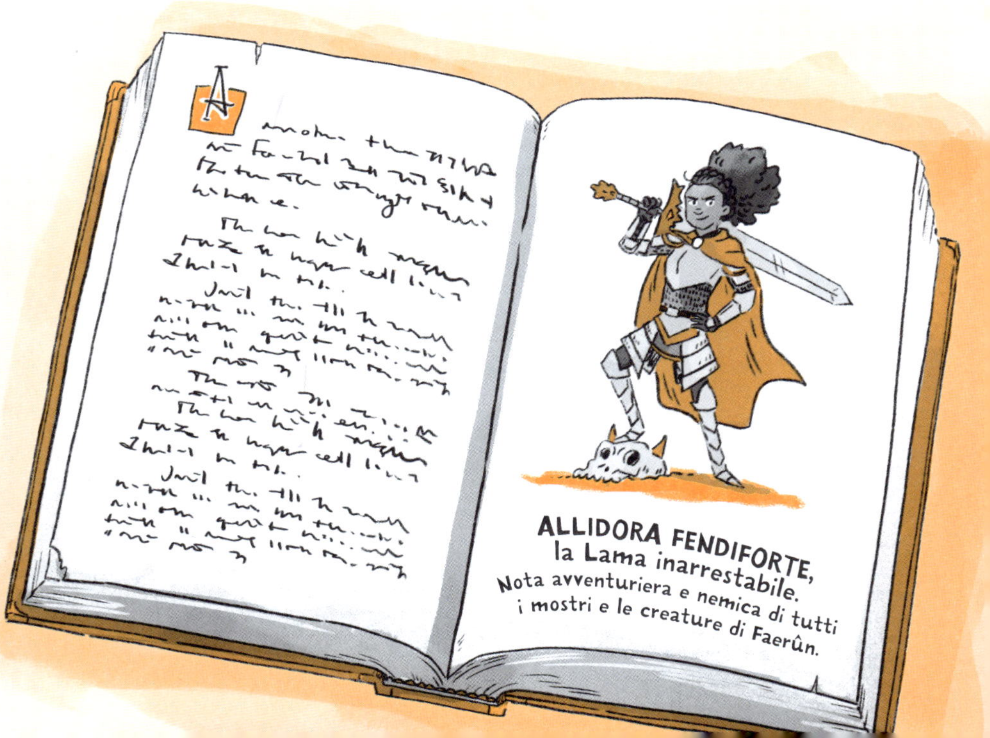

Alla Dungeon Academy non era ammesso piangere in refettorio. Zelli si asciugò il viso, si costrinse a chiudere il libro e cercò di mangiare. Le tremava la mano, e sperò di essere invisibile come era sempre stata.

Il cucchiaio era a mezz'aria quando, con un grido, un orsogufo grande quanto un armadio travolse il suo tavolo, spedendo lei, il porridge e il *Manuale sugli umani per mostri e abitatori del buio* dalla parte opposta della stanza.

2

Sporca di porridge, Zelli saltò in piedi e agguantò la spada di legno che aveva sulla schiena, mentre tre orsigufo avanzavano verso il tavolo, incombendo su di lei e sul loro compagno piumato. Zelli si augurò che le corna non le cadessero dalla testa, tradendola.

«Hai dimenticato questa, Hugo!» Un orsogufo bruno, arruffato e un po' spennacchiato, lasciò cadere una coscia di tacchino mezza divorata di fianco a loro. «Raccoglila e mangiala.»

Zelli lo riconobbe. Frequentava le lezioni di Trappole e trabocchetti. Stava seduto in fondo e non alzava mai la mano. Quando veniva chiamato, borbottava una risposta sbagliata e poi ridacchiava, come se imparare qualcosa fosse l'idea più scema del mondo. I suoi occhi rossi avevano una luce che a Zelli non piaceva per niente.

«Se non ti dispiace, stavo cercando di leggere» ringhiò Zelli. Diede un'occhiata al grosso orsogufo, Hugo, che se ne stava rannicchiato per terra. Il refettorio era piombato nel silenzio. Benone. L'ultima cosa di cui aveva bisogno. Inoltre, non moriva dalla voglia di essere mandata in punizione. La settimana prima per poco non era finita nei guai con il professor Trucchetto, quando aveva aiutato uno studente caduto a raccogliere i suoi compiti sparsi a terra. Alla Dungeon Academy *nessuna* gentilezza era concessa.

«Giù la spada; non è con te che ce l'abbiamo.» Fissandoli dall'altro in basso, un altro orsogufo ghignò: «Gli orsigufo cacciano. Uccidono, mangiano quello che cacciano e ne vanno fieri. Non mangiano *insalata*».

L'ultima parola suonò come una parolaccia. Zelli inarcò un sopracciglio e sollevò un altro po' la spada. «Tutto questo per... un'*insalata*?»

«Non puoi capire» borbottò lo spennacchiato. «Noi siamo così, e facciamo così. Perché venire all'accademia, se poi non ti comporti come un autentico orsogufo?»

«A me lui sembra autentico, eccome» rispose Zelli. Alcuni coboldi si erano avvicinati per capire che cosa stesse succedendo. Non appena Zelli ebbe sollevato la spada, i miconidi sgombrarono il tavolo, lasciandosi dietro una nuvola di spore verdi. «Lasciatelo in pace. Che ve ne importa se vuole mangiare la lattuga?»

«Ci importa» brontolò l'altro orsogufo. «Prendi la carne, Hugo. E mangiala.»

Era vero che Zelli non aveva mai visto un orsogufo, specie della taglia di Hugo, tremare di paura per terra, usando un "minotauro" come scudo, né tuffarsi a capofitto su una ciotola di verdure, ma non le sembrava che si meritasse un trattamento simile.

Alcuni gnoll si unirono al cerchio che si stava creando intorno a loro, e poi se ne accorsero anche gli slaadi... Zelli arricciò il naso, conscia che la faccenda stava diventando seria. Si guardò attorno in cerca di aiuto, poi si ricordò che nessuno si sarebbe battuto per lei o per qualcuno come Hugo. Magari non avrebbero attaccato briga con lei, ma non si sarebbero lasciati sfuggire lo spettacolo che stava per andare in scena nel refettorio.

Si alzò un coro che crebbe sempre più.

MANGIALA, MANGIALA, MANGIALA!

Hugo emise un verso debole e strozzato, poi si coprì il viso con entrambe le braccia piumate. Zelli ne aveva abbastanza. Calciò la coscia di tacchino con forza tale da spedirla in un angolo, poi trasse un profondo respiro e proruppe in uno dei suoi ruggiti da minotauro.

Il coro si spense; gli orsigufo si immobilizzarono e poi si dispersero. Anche il pubblico si sparpagliò, ma solo dopo qualche bisbiglio, qualche artiglio puntato e una manciata di risate a spese loro.

Aveva appena difeso uno sfigatone davanti a tutti. Di fronte a mezza accademia. Dell'uno o dell'altro orsogufo non le importava quasi nulla, ma agli studenti sì, e non l'avrebbero dimenticato. Zelli si ripulì da una goccia di porridge sul naso e rinfoderò la spada, poi si voltò e porse la mano a Hugo. "Be'" pensò, "tanto ormai ci sono dentro fino al collo."

«Stai bene?» chiese.

«Ferito solo nell'orgoglio, temo.» Hugo parlava con un'inflessione gentile, più dolce e gradevole rispetto agli orsigufo che lo avevano insultato per i suoi gusti culinari. Tornarono al tavolo di Zelli, che raccolse il libro da terra e con la manica ripulì la copertina dal cibo.

«Grazie» disse lui, timido. Era uno degli orsigufo più grossi dell'accademia, bianco e marrone, con un luccichio argenteo sulla punta delle piume. Il suo becco ricurvo era giallo crema, e gli occhi azzurri come il cielo. «Non mi sarei mai aspettato che una bulla mi avrebbe salvato dai bulli.»

«Io *non* sono una bulla!» sbottò Zelli, accigliata.

Hugo batté rapidamente le palpebre.

«Nessuno vuole trovarsi dal lato sbagliato del tuo ruggito. Il semestre scorso hai impedito a quel goblin, Dennis il Thorax, di scaraventare un mimic giù dal parapetto del terzo piano. E la settimana scorsa hai cacciato Squagliacarne fuori dal campo da pallamacello per difendere quel coboldo magrolino con un orecchio solo.»

Forse non aveva tutti i torti. «Ho aiutato quel coboldo solo perché volevo la sua nuova spada da esercitazione, e Squagliacarne non l'avrebbe mai usata. È un cubo gelatinoso; non ha nemmeno le mani! Non sono una bulla.»

«La Castigabulli, allora.» Gli occhi di Hugo brillarono. «Una specie di eroina!»

Zelli grugnì e cercò di recuperare il porridge rimasto nella ciotola usando un dito come cucchiaino. «Ma quale eroina! Non sono nessuno.»

«Ti sbagli. L'abbiamo visto tutti. Sei la campionessa dei piccoli, dei timidi, dei mansueti» ribadì Hugo con convinzione.

Zelli gemette. Era proprio quello di cui non aveva bisogno, una fama da "regina degli sfigati". *Meraviglioso.*

«E anche se pensi di non essere nessuno, ti sono comunque grato» continuò Hugo, piegando la testa con una grazia tutt'altro che orsogufesca. Poi allungò un braccio e, con un artiglio affilato, le tolse delicatamente dalla spalla un fungo coperto di porridge.

«E così ti piacciono le piante, eh?» chiese Zelli. Il pendolo nel corridoio sferragliò, segnalando la fine dell'ora di pausa.

«A dire il vero questo è un fungo» rispose Hugo. Ridacchiò, come se la differenza fosse una cosa nota a tutti. «Ma comunque. Sono affascinato da tutto ciò che è erbaceo, fungino o floreale. Le piante sono oltremodo interessanti, oltre che deliziose. Effettivamente, molti habitat potrebbero essere protetti e prosperare se mangiassimo meno carne...»

L'ultimo rintocco del pendolo inseguì Zelli, che si era alzata con il libro sottobraccio, seguita da Hugo. Gli lanciò un'occhiata da sopra la spalla, mentre si affrettavano verso la scala a spirale che portava al dungeon di primo livello.

«Sei simpatico, eh, ma preferisco starmene per conto mio» disse lei. «Non sono nessuno, ricordi?»

Hugo, ancora intento a decantare le stupefacenti virtù della sua dieta vegetariana, non diede segno di averla sentita. «Accidenti, quando la mia specie decimò la fauna della radura di Harte, il danno causato all'ecosistema fu inimmaginabile! Divenne un posto desolato, invivibile, tutto a causa della nostra smodata passione per la carne. Accadde lo stesso nella foresta di Boscostella. È un'epidemia a tutti gli effetti. Non chiedo tanto, solo un po' di moderazione… ci sarà pure un altro modo!»

«Tipo mangiare tutti insalata?» lo stuzzicò lei, mentre il freddo cresceva man mano che si univano al flusso di studenti in fila davanti alle scale.

«Chissà!» ridacchiò lui. «Chissà…»

«Sei uno strano orsogufo, Hugo» disse Zelli, scuotendo la testa.

«Che gentile! Grazie!»

Il sentiero che conduceva ai dungeon era una spirale senza fine, pervasa da lamenti e sospiri di origine ignota, che risalivano sibilando come miasmi malefici dal precipizio alla loro destra. Quel pozzo arrivava a profondità inimmaginabili, e Zelli sospettava che nemmeno il loro illustrissimo preside sapesse che cosa si annidasse laggiù. Gli studenti si ammassavano verso la parete, scendendo a coppie o a tre a tre, scambiandosi storie e lagnanze.

«È la terza volta che provo Gestione del bottino; è zeppa di quella stupida *matematica*»

mugugnò una smilza ragazza gnoll alla sua amica, avvolgendo una gomma da masticare nell'incarto e gettandola nel pozzo senza fondo.

«Elementi di imboscata non è male» rispose la sua amica cobolda scrollando le spalle. «Almeno il professor Frangigrido ci va piano.»

Zelli sobbalzò quando Hugo la tirò per la manica. Rintanato in una delle nicchie nella parete, un piccolo coboldo con un orecchio su e l'altro giù faceva avanti e indietro strillando contro un altro studente, un libro mimic dall'aspetto piuttosto serioso. Un libro, scoprì Zelli, irto di denti aguzzi e scintillanti, e di cerniere di metallo ancora più splendenti.

«Non sono affari nostri» sussurrò Zelli, spingendo Hugo verso i gradini successivi.

«Ma potremmo intervenire!» Hugo si fermò all'improvviso, costringendo gli studenti dietro

di lui a girare attorno a quell'enorme blocco stradale piumato. «Proprio come hai fatto tu per me. Guarda quel povero libro impolverato, gli serve il nostro aiuto.»

«Finirai per metterti nei guai» gli disse Zelli, ma in effetti anche a lei *sembrava* un'ingiustizia. Il coboldo, pur non essendo la creatura più spaventosa dei paraggi, era alto ben più del doppio del libro. Gli puntava il dito in faccia, che in quel momento consisteva in due mulinelli decorativi e in un taglio orizzontale nella copertina di pelle del libro.

Prima che Zelli riuscisse a trascinare Hugo giù dalle scale, il coboldo li sorprese a indugiare e li guardò di sbieco. Zelli l'aveva già visto a lezione, ma non si era mai preoccupata di imparare il suo nome. Il coboldo squadrò Zelli, forse la riconobbe, e puntò un ditino aguzzo contro di lei. «Di' a quesssto inutile ammasso di immondizia di fare ciò che deve e di cambiare forma!»

A causa di alcuni denti da latte mancanti, il coboldo sputacchiava in tutte le direzioni ogni volta che parlava con una voce stridula come una lama d'acciaio che sfrega sulla pietra. Si girò per affrontare il libro mimic tremebondo e se la prese con lui. «Fallo! Trasssformati! Non fare arrabbiare Snabla! Sssuo cugino è un drago!»

Zelli alzò gli occhi al cielo. Quel cucciolo di lucertola non poteva essere imparentato con un drago. Nemmeno in un milione di anni un drago sarebbe stato sorpreso con un coboldo piagnucoloso, ma la menzogna era così clamorosa che provò quasi rispetto. Quella specie di audacia fanfaronesca avrebbe potuto portare lontano il coboldo, perché per affrontare gli eroici avventurieri umani serviva coraggio, e quello di sicuro non gli mancava.

«N-n-non posso farlo» gemette il libro, frullando le pagine. «Gli scudi servono per combattere, e combattere è p-p-pericoloso!»

Di fronte ai loro occhi, il libro si rimpicciolì fino a diventare una scatoletta con coperchio e manici smaltati, chiusa da una cupola di vetro sotto cui una ballerina in miniatura piroettava sulle note di una musica gentile e tintinnante che echeggiò nelle fredde profondità del dungeon. Poi si trasformò ancora, stavolta in una piuma;

infine tornò a essere un libro e sussurrò: «Visto? Solo cose carine. Niente di pericoloso».

«Lascia stare il mucchio di carta, coboldo» lo minacciò Zelli, facendo cenno a Hugo di seguirla. «Forza, o faremo tardi per Orribili umani.»

Come a volerglielo ricordare, il pendolo batté due volte e il suono riecheggiò fino a loro, abbastanza forte da far ronzare le orecchie di Zelli.

«Non sono un mucchio di carta! Solo perché sull'annuario c'è scritto che sono "poco incline a cambiare", non significa che sono inutile!» insistette il libro, scivolando in avanti con uno slancio stranamente fluido. Non aveva gambe, eppure non aveva problemi a sgusciare in giro, un po' come facevano le melme. «Io sono Bauble!» si presentò. «E questo è Snabla; quando non è terribilmente meschino, è un amico.»

«Terribile! Meschino!» strillò il coboldo, volgendo loro la lingua biforcuta. Sulla schiena portava uno scudo di legno fatiscente, poco più di un rottame, delle vecchie tavole inchiodate insieme e rattoppate centinaia di volte. Aveva dipinto, malamente, il legno e i chiodi per farli assomigliare a scaglie di drago. «Mio cugino...»

«Se tuo cugino è un drago, allora *mio* cugino è il Lord Protettore» lo provocò Zelli.

«Umf!» Corsero tutti dabbasso, incalzati dai rintocchi del pendolo, mentre la temperatura calava a ogni gradino. «Volevo solo sssapere che cosa si provava a imbracciare uno ssscudo come si deve! Un vero coboldo deve portarne uno come quello di mio padre, il Greatwyrm Sneef Senzafine. Il sssuo era di pregiata pelle di drago, e grazie a essso ha accumulato montagne d'oro, tali da rivaleggiare con i bottini dei draghi!»

Prima il cugino drago e ora Sneef il Senzafine. Zelli cominciava a pensare che il coboldo ci credesse davvero. Il libro sottobraccio diventava ogni secondo più pesante. Vero anche che aveva scoperto che sua madre poteva essere Allidora Fendiforte, la dannata Lama inarrestabile nonché argomento della lezione che stava per iniziare. Il segreto delle sue origini era stato lì per tutto il tempo, ed era venuto a galla grazie a uno stupido compito. Si pizzicò il naso, di colpo consapevole che Hugo e il bisticcio con gli orsigufo e questo affare con Snabla e Bauble erano stati solo dei diversivi. Non voleva pensare di poter essere la figlia perduta di un'epica eroina umana.

Mentre Zelli sentiva il nervoso montare, Hugo pose una domanda a Snabla, con il suo solito tono gentile e sollecito: «Perché non hai ereditato lo scudo di tuo padre?».

«Non ne sssono degno» piagnucolò il coboldo, alzando al cielo le braccia magroline. «Mio padre mi reputa un codardo.»

«Lo sei» disse Bauble. «Volevi che mi trasformassi in un poderoso scudo. E questo come potrebbe dimostrare il tuo valore? Ho letto qualcosa sulla cultura cobolda, e barare in questo modo ti porterebbe ancora più disonore. Anzi...»

«Che ve ne importa di dimostrarvi degni?» li avvertì Zelli, interrompendo la predica del libro. Avevano finalmente raggiunto gli umidi anfratti del dungeon di primo livello. Fenditure e crepacci abbondavano, e oltre quelle spaccature si scorgevano pericolose pozze di lava. «Per quel che mi riguarda, io fallirò ogni volta che posso, così la smetteranno di mandarmi quaggiù.»

«Allora siete due codardi» disse Snabla, affrettandosi a raggiungere Zelli.

Si fermarono fuori del secondo portone massiccio sulla sinistra, confondendosi nella massa di studenti che si erano radunati per Storia di orribili umani.

Mentre attendevano, Hugo poggiò il mento sugli artigli ed emise un verso dolce e cogitabondo. «Non hai tutti i torti, Zelli» disse. Lo sguardo di Bauble era confuso. «Gli studenti spediti a terrorizzare il villaggio di Cornalbero non sono tornati, e sono tra i più grandi e spaventosi tra noi. Patty era la migliore del suo corso, e Sbudello è il capitano della squadra di pallamacello. Se fallissero...»

«Torneranno» borbottò Bauble, le pagine tremanti. «Non è vero?»

Zelli scrollò le spalle, e sia Snabla sia Bauble sussultarono. Davanti agli occhi di Zelli balenò un'immagine, quella di Allidora Fendiforte che caricava contro il coboldo e il libro, con la spada scintillante, i denti digrignati e un ringhio che le risuonava in gola, pronta per farli a pezzi.

La lezione stava per cominciare, ma Zelli esitò. Guardò Hugo, Snabla e Bauble entrare. Infreddolita, si costrinse a seguirli. «Non ci insegnano a tenerci per mano e a cantare *trallallà* con gli avventurieri» ricordò loro. Ancora una volta, il libro sotto il suo braccio sembrava pesantissimo. Un fardello insostenibile. «Quando lasceremo questa montagna, nei dungeon saremo soli. Ed è nei dungeon che gli eroi vanno a caccia.»

3

Un gessetto fatato strideva sulla lavagna, presentando l'argomento del giorno: "L'albero genealogico di Allidora Fendiforte, nota avventuriera nonché nemica di tutti i mostri".

L'insegnante, il professor Gast, era un demilich ridotto a un teschio occhialuto racchiuso in una fiamma blu che fluttuava avanti e indietro di fronte alla lavagna. Gast era odiato da più o meno ogni singolo studente dell'accademia e, sospettava Zelli, anche da buona parte del corpo docente. I non morti non erano i benvenuti, nemmeno tra i mostri, ma c'era stato un tempo in cui Gast era stato un temuto e rispettato stregone hobgoblin. Si diceva che si fosse recato dalle parti di Acquafonda per una lezione sui rischi degli avventurieri e lungo la strada, ironicamente, era morto in un'imboscata tesa da umani. Quando si era ripalesato nelle tenute della scuola, ridotto a nient'altro che a una testa di hobgoblin stregata, nessuno era riuscito a convincerlo che era morto, o quantomeno un po' cambiato. Ora, però, il professor Gast evitava sdegnosamente gli specchi. La carenza corporea non coincideva con una carenza di conoscenze; aveva inoltre il vizio di parlare con il più monotono dei toni, facendo così di Storia degli orribili umani la lezione soporifera per eccellenza.

Ma non questa volta. Stavolta, Zelli ascoltava con attenzione.

Assimilò le agghiaccianti nozioni su quella che ormai era sempre più convinta fosse la sua famiglia allargata. Hugo, Snabla e Bauble si erano seduti nei banchi vicini, ma la lezione di Gast era abbastanza interessante da distoglierla dalla preoccupazione che quei tre le si attaccassero come cirripedi.

«La fama dei Fendiforte instilla paura nei cuori di ogni abitatore dei dungeon di buon senso» sibilò Gast, ondeggiando avanti e indietro, mentre alle sue spalle il gesso magico sottolineava per tre volte la parola PERICOLO sulla lavagna. La sua voce era simile al fischio di una teiera. «Il grido di battaglia dei Fendiforte è il monito inconfondibile con cui annunciano il loro arrivo nei dungeon.»

Zelli sgranò gli occhi. Grido di battaglia? Come un *ruggito*? Per tutto il tempo aveva pensato che la forza del suo ruggito derivasse dalle lezioni che le aveva impartito la sua mamma minotauro, forse invece era qualcosa che le scorreva nel sangue. E non aveva fatto altro che andarsene in giro per tutta la scuola ruggendo di qua e di là, rischiando di rivelare le sue vere origini. Lanciò un'occhiata ai compagni di classe, ma solo Hugo le restituì lo sguardo. Socchiuse le palpebre. Forse stava notando la somiglianza, dolorosamente ovvia, tra lei e la donna illustrata nel manuale che aveva preso in prestito dalla biblioteca? Lo conosceva da pochissimo, ma poteva già dire che era più acuto di molti altri. A lezione teneva la testa bassa, e non le pareva che avesse mai alzato la zampa per rispondere a una domanda, ma forse voleva solo sottrarsi alle attenzioni degli altri orsigufo.

Annaspando, Zelli si assicurò che le corna finte fossero a posto.

«I pochi sopravvissuti a un incontro ravvicinato con i Fendiforte affermano che sono vulnerabili alle trappole. Sono una schiatta robusta, ma non particolarmente agile...»

Zelli sogghignò. Magari non era la persona più aggraziata del mondo; ma non così goffa da cadere in una trappola! "Non prenderla sul personale" si disse, "non vuoi avere niente a che fare con questi umani, ricordi?"

«Ma benché possano tradire qualche sporadica debolezza, un mostro non deve mai sottovalutare i Fendiforte» continuò Gast. Un grido fuori dalla classe lo interruppe, ma era un'eco distante, così consueta da non essere degna di nota. Fu abbastanza forte da scuotere i ceppi e le gabbie appese alle pareti, ma per il professor Gast non fu che una breve distrazione. «Il loro è un lignaggio forte, caparbio, contraddistinto dalla tenacia con cui cercano le ricchezze dei dungeon. Non si sono mai imbattuti in una sfida che non abbiano saputo affrontare, mostrando con orgoglio le cicatrici di innumerevoli battaglie, considerati dai loro miserabili pari umani tra i più nobili, benevoli e coraggiosi degli eroi.»

Nobili? Benevoli? Il viso di Zelli si infiammò. Strinse i pugni sul banco. Quei dannati umani l'avevano abbandonata in una cesta con nient'altro che un lenzuolino e un ritaglio di pelle con sopra inciso il nome Zellidora. Benevoli? Coraggiosi? Ora le sarebbe toccato crescere tra i mostri e, come tutti loro, essere spedita in un dungeon a farsi massacrare da qualche eroe. L'avevano condannata a un fato crudele, a una vita da reietta, a morire in un dungeon lontano e nauseabondo, alla stregua di un nemico tutt'altro che memorabile.

«Menzogne! Non sono per niente coraggiosi!» sentì la sua voce gridare, e scattò in piedi così all'improvviso da urtare il banco. Uno dei suoi corni scivolò di lato, e lei si affrettò a sistemarlo. La classe intera, compreso il professor Gast, piombò nel silenzio. Tutti gli occhi erano puntati su Zelli, mentre lei ansimava e si rendeva conto che non aveva solo immaginato di interrompere la lezione, ma che l'aveva fatto davvero.

«Chiedo scusa, signorina Colpotonante. C'è forse qualcosa che deve... dire alla classe?» Il professor Gast fece una pausa, imitato dal gesso alle sue spalle. «Mi aspetterei che uno studente del quarto anno sappia di dover alzare la mano, prima di dare di matto.»

Alcuni studenti ridacchiarono. Zelli serrò le labbra, ancora più infuriata per le risate. «Non sto dando di matto, è la verità! Questi umani sono dei codardi, sono... Chi potrebbe mai avere paura di una bambina indifesa?»

«Una... bambina?» Una forza invisibile rimise a posto gli occhiali del professore, scivolati di lato. «Per favore, si sieda, signorina Colpotonante; la lezione odierna non è terminata.»

«No che non mi siedo! Mi rifiuto di studiare gli umani! Li odio!» Era già nei guai, pensò, così raccolse le sue cose, girò sui tacchi e uscì dalla classe come una furia.

«Signorina Colpotonante!» la chiamò Gast, con voce isterica. «Il suo è un comportamento inaccettabile! In punizione! Fili in presidenza, signorinella!»

Avrebbe fatto di più, pensò Zelli, molto di più. Sarebbe tornata al dormitorio, avrebbe fatto i bagagli e lasciato l'accademia una volta per tutte. Il pensiero di abbandonare le sue madri le stringeva il cuore, ma avrebbero dovuto farsene una ragione. Avrebbe scritto una nota, spiegando ogni cosa: il suo posto non era né a scuola né tra i mostri; il suo posto non era da nessuna parte.

Percorse a ritroso il corridoio, schivando le trappole note e le torme di dure verità che le attanagliavano la mente. "Dove posso andare?" pensò. "Chi potrebbe mai accogliermi?" Di certo non i Fendiforte, non dopo che era stata allevata da due minotauri fin dall'infanzia e poi addestrata per il resto degli anni da cubi di gelatina, beholder e giganti che insegnavano educazione fisica. Quanto ci avrebbero messo per accorgersi che non era davvero un minotauro? E se nessuno l'avesse scoperta, quando l'avrebbero rinchiusa in un labirinto, pur non essendo nemmeno lontanamente forte, grande e inarrestabile come un minotauro, condannata a una veglia solitaria finché qualche umano non l'avesse annientata?

Alla sua sinistra, dietro una porta fiancheggiata da due sfingi, apparve l'ufficio del preside.

Zelli affrettò il passo, decisa a superarlo senza entrare, quando udì la voce tonante del preside Zxaticus risuonare dalla porta aperta.

«Torneranno» stava dicendo con enfasi. «Dobbiamo dargli tempo.»

A quelle parole, Zelli fece marcia indietro, si accovacciò dietro a una sfinge e si mise in ascolto, azzardandosi a sbirciare dentro la stanza. L'imponente Zxaticus, dai molti occhi e dai molti tentacoli, fluttuava a mezz'aria; il professor Trucchetto, un alchimista imprigionato in un gocciolante cubo gelatinoso color smeraldo, scivolava avanti e indietro sul tappeto. Zelli aveva sempre pensato che un cubo gelatinoso fosse un grumo appiccicoso e senza cervello in attesa di digerire qualche avventuriero. Eppure, in qualche modo, Trucchetto era riuscito a restare in vita e a sviluppare una sorta di relazione simbiotica con la sostanza viscida che gli consentiva di muoversi. Nella sua informe forma di base era presente anche Vice Versa, l'insegnante mimic di alchimia.

«E se si fossero imbattuti in ostacoli inaspettati?» chiese il professor Trucchetto, la voce attutita dalla bava gelatinosa che lo intrappolava. «Il villaggio di Cornalbero è a sole dieci miglia; al più tardi, avrebbero dovuto essere qui ieri.»

«Concordo» aggiunse Vice Versa. «È una preoccupazione di non poco conto. Sbudello è un leader formidabile, ma ancora molto giovane.»

Il preside Zxaticus chiuse e riaprì il suo immenso occhio viola, mentre tutti gli altri occhi, attaccati ai tentacoli, si volsero altrove.

Zxaticus fluttuò, se possibile, con notevole esitazione. «Girano… voci delle più inquietanti. Voci di *avventurieri* nella regione» mormorò.

I due professori sussultarono all'unisono. Lo stesso fece Zelli, nascosta dietro la sfinge. Qualcosa dentro di lei, una voce affidabile ma fastidiosa, ribollì per dirle che sapeva che cosa sarebbe successo. Le si strinse lo stomaco.

Si aggrappò alla statua con una forza tale da spaccare la pietra, i palmi bagnati di sudore, il cuore che batteva sempre più veloce mentre il preside ringhiava la frase più sinistra che potesse immaginare. «Un avvistamento in particolare dovrebbe farci tremare» disse. «Quello di Allidora Fendiforte, la Lama inarrestabile. Che Bane li protegga, perché se dovessero imbattersi in quell'umana, allora sono già perduti.»

4

Allidora Fendiforte. Zelli si allontanò dalla sfinge e la linea della sua bocca si indurì, risoluta. Era il momento delle risposte: "Perché i Fendiforte l'avevano abbandonata? Perché non la volevano? Che cosa avrebbero detto se avessero scoperto che viveva come i mostri che odiavano e a cui davano la caccia?". Se fosse andata via alla svelta, avrebbe potuto trovare le risposte ed evitare qualsivoglia problema con gli studenti e i docenti. A causa della sfuriata di prima, per poco non le erano cadute le corna. Ma qualcuno doveva essersene accorto; e di sicuro qualcuno avrebbe cominciato a porsi delle domande.

Era un'umana; non voleva sapere che cosa sarebbe successo quando a scuola qualcuno avrebbe cominciato a fare le domande giuste. Le sue madri erano forti e autoritarie, ma non potevano proteggerla per sempre da tutte le creature della Dungeon Academy.

«Allora, quando si parte?»

Lentamente si girò e dovette schiaffarsi le mani sulla bocca per non gridare. Hugo, Snabla e Bauble erano lì e la osservavano, origliando la stessa conversazione che si stava svolgendo a pochi metri di distanza.

«Da quanto tempo siete qui?» chiese, incrociando le braccia.

«Abbastanza da sapere che i nostri compagni sono nei guai» disse Bauble. Ancora sotto le sembianze di un libro, il mimic strisciava in tondo. «Non volevamo coglierti di sorpresa!»

«Sssì, invece» ammise Snabla. «Hugo è il presidente del Club degli Spioni!»

Ecco perché un orsogufo di quella stazza era stato capace di sorprenderla. Aveva l'aria di essere un tipo brillante. Gli altri due erano abbastanza piccoli da non fare rumore e, dopotutto, lei era distratta dall'idea di riunirsi con la sua famiglia umana, perduta da tempo. Ecco. Quello.

Sospirò e scosse la testa, poi li oltrepassò, marciando lungo il corridoio che portava alla diramazione ovest, che l'avrebbe condotta all'ascensore per i dormitori.

«Non dovresti andare laggiù da sola!» le disse

Hugo, affrettandosi dietro di lei. Il fruscio delle pagine lungo il pavimento e un calpestio di zampette le svelarono che anche gli altri due la stavano seguendo.

«E chi lo dice che ci sto andando?» Zelli si rifiutò di guardarli.

«Sei la protettrice di chi si trova in pericolo» sottolineò l'orsogufo quando l'ebbe affiancata. Con le sue grandi zampe era facile raggiungerla.

«Non sapete niente di me.» Ed era vero. Hugo non poteva sapere il vero motivo della sua partenza, né quello che lei sperava di scoprire una volta raggiunto il villaggio di Cornalbero.

«Vuole tutta la gloria per sssé» gridò il coboldo. «Ma Sssnabla ci andrà; il suo scudo è pronto!»

Assestò un colpo gagliardo allo scudo e una manciata di schegge di legno finì per terra. Snabla le allontanò alla svelta con le zampe, tingendosi di un colore buffo.

Avevano quasi raggiunto la piattaforma mobile che fungeva da ascensore.

Le possenti catene sferraglianti erano in vista. Zelli sapeva che non poteva seminarli, insistenti com'erano, così non appena raggiunsero la piattaforma si voltò e rivolse a tutti loro un'occhiata in tralice. Avrebbe anche ruggito, se necessario.

«Il tuo "scudo" non è altro che un'accozzaglia di stecchini» gridò Zelli al coboldo. Le orecchie a punta di Snabla si afflosciarono all'istante. Fuori da scuola non avrebbero resistito un secondo, e nemmeno un battito di ciglia contro Allidora Fendiforte, la sua potenziale genitrice. «E tu non sai trasformarti in niente di utile.» L'aveva detto a Bauble, che si tramutò istantaneamente in un grazioso cuscino e filò a nascondersi dietro Snabla. «Quanto a te... sei vegetariano! Un orsogufo vegetariano! A chi può servire? A chi servite? Non siete pronti né per l'avventura né per il pericolo; farete meglio a starvene qui, al sicuro tra le mura del dungeon.»

Zelli salì sulla piattaforma e tirò la leva, voltando loro le spalle. Era per il loro bene, e allora perché si sentiva viscida al punto da desiderare un bagno? Serrò le palpebre e ascoltò lo sferragliare degli ingranaggi mentre saliva sempre più in alto, lasciando al piano di sotto tre mostri umiliati.

"Non potete venire nel luogo in cui voglio andare" pensò, di nuovo decisa. Doveva solo sor-

birsi la punizione, poi sarebbe sparita. "Se sapeste chi sono davvero, se sapeste che sono un'umana, non vorreste seguirmi. Mi vorreste morta."

Saltare la punizione era il modo più sicuro per farsi notare, e in quel momento era l'ultima cosa che Zelli voleva.

Così si diresse verso l'aula delle punizioni, temendola con ogni fibra del suo essere. Le ci volle un po' per trovarla. Stranamente, era la sua prima volta. La maggior parte delle sue scaramucce con i bulli erano state nascoste sotto il tappeto e dimenticate; se ne andavano, feriti nell'orgoglio, ma nessuno di quei grossi gnoll o di quei bugbear vanagloriosi avrebbe mai ammesso di essere stato sconfitto dal minotauro più mingherlino del mondo.

Poiché la punizione non consisteva in altro che starsene in silenzio a meditare sulle proprie malefatte, Zelli decise di usare quel tempo per valutare ulteriori malefatte, che le sarebbero costate addirittura una sospensione.

Ma doveva andare. Persino la punizione era un rischio. Quando, pochi minuti dopo, arrivò nell'aula, tutti si voltarono a guardarla. Si fece piccola piccola, sperando che le corna fossero dritte e verosimili mentre teneva la testa bassa e attraversava il temibile ponte sospeso che portava all'altare delle punizioni al centro dell'aula.

In basso, probabilmente alimentata dal lago di lava sotterraneo, si trovava una pozza di magma ribollente. Le pizzicavano i vestiti e la pelle era imperlata di sudore, anche se la lava fumante era molto più in basso.

Il turno di presiedere l'aula spettava alla professoressa Linguabietta, il cui corpo sottile e avvizzito era rannicchiato su un podio di granito dalla parte opposta della piattaforma da cui era arrivata Zelli. I capelli sfibrati le arrivavano fino in vita, e nella chioma incolta era incastrato un astuccio pieno di gomme e matite. La professoressa Linguabietta non ci faceva caso o non se ne accorgeva proprio. Era una megera notturna: Zelli non poteva immaginarsi una creatura più adatta a quel luogo. Il premio più ambito, per una strega, era la virtù degenerata in perfidia. E la più breve permanenza in quell'aula sarebbe bastata per trasformare un santarellino in una canaglia degna dell'accademia. Il magma sottostante ribollì, come dentro un calderone. Mentre si trascinava sulla piattaforma a caccia di un banco vuoto, Zelli riconobbe alcuni volti noti che la fissavano. Hugo, Snabla e Bauble in qualche modo erano riusciti a farsi mettere anche loro in punizione. Era una cosa troppo stupida per essere una coincidenza.

«Che ci fate qui?» bofonchiò dall'angolo della bocca, mentre gli passava vicino.

Il libro Bauble saltellò gioiosamente sul banco. «Ho fatto finta di essere l'armadio delle divise di pallamacello e ho spaventato così tanto il vice capitano, che secondo me se l'è fatta addosso. Ho sempre voluto visitare l'Aula dell'eterna sofferenza e monotonia. Non è incredibile? È così... così... calda! Si dice che una dozzina di studenti sia perita di crepanoia quaggiù.»

Snabla sembrava meno eccitato, e si dava da fare per evitare il contatto visivo con Zelli. Per lei andava bene così; aveva sperato che il suo discorso li avesse terrorizzati una volta per tutte. «Sssnabla ha detto a Gast che è uno ssstupido, vecchio teschio» sospirò il coboldo. «Non ci ha creduto. Ma Sssnabla è finito qui lo stesso.»

E, infine, il più improbabile inquilino dell'Aula dell'eterna sofferenza e monotonia. Hugo schioccava gli artigli tra loro, nervosamente, stipato nel banco come un gigante infilato in un cestino per il pranzo. «Io... ehm... non ho fatto niente, a dire il vero...» mormorò.

Zelli grugnì e scosse la testa. Anche se sussurravano, avevano attirato lo sguardo randagio della professoressa Linguabietta, che aveva strizzato le palpebre nella loro direzione.

«Io sono venuto e basta» aggiunse Hugo, incupito. «A quanto pare, se vieni qui di tua volontà nessuno ti ferma.» Si guardò attorno e rabbrividì. «Chi lo farebbe?»

«Bella domanda.» Zelli proseguì e si sedette qualche fila più avanti.

Uno gnoll trapunto di cicatrici e con il muso sghembo le ringhiò contro dall'angolo a destra. Due ogre dalle spalle curve si passarono dei bigliettini alla sua sinistra.

Zelli si afflosciò sul banco e scoprì che qualcuno aveva inciso il rudimentale ritratto di Cindro il Giovane, il re del ballo scolastico dell'anno precedente. «Patetico» borbottò Zelli, coprendo quello stupido ritratto con il gomito.

La professoressa Linguabietta si schiarì la gola e fissò Zelli, gli occhi ridotti a due fessure. Consultò una pergamena lunga e arricciata alla cattedra, senza dubbio la lista dei presenti con tanto di malefatte commesse. «*Tsk, tsk, tsk*» sbottò la strega dall'alto del podio.

La piattaforma piombò nel silenzio, fatta eccezione per l'incessante ribollio della lava. Zelli non riusciva più a sopportare le corna finte, che le premevano sul-

la testa e la facevano sudare in modo insopportabile. Irrequieta, chiuse gli occhi, poi incrociò le braccia e posò il mento sugli avambracci.

Forse sarebbe stata la tredicesima studentessa a morire di noia. E di ansia. Le tremava una gamba. Avrebbe voluto essere altrove, fuori dall'accademia, sul sentiero lungo il villaggio di Cornalbero prima che qualcuno scoprisse i suoi piani o la sua identità. Alle sue spalle, udì un crescente mormorio. Lanciò un'occhiata e vide Hugo, Snabla e Bauble, tutti uno vicino all'altro, intenti in una discussione urgente.

I tre tacquero all'istante. Zelli si voltò lentamente, poi si girò di scatto e li colse di nuovo a bisbigliare. L'orsogufo si grattò la nuca con noncuranza.

«Che state complottando là dietro?» mormorò lei, sfidando l'ira della megera. Le gigantesche catene che tenevano sospesa la piattaforma sulla lava si mossero, e il pavimento oscillò.

«Niente!» disse Bauble, mentre Snabla cacciava fuori la lingua rivelando: «Sssegreti!».

Hugo diede un colpetto al coboldo.

Zelli volse gli occhi al cielo. «Giusto. Niente segreti.»

«Non sssono affari tuoi!» replicò Snabla, avvelenato.

«Sta' buono» lo avvertì Hugo, con un tono ancora più gentile. «Anche se è difficile, sapendo che i nostri compagni sono in pericolo...»

«Hugo ha ragione, non c'è da scherzare» intervenne Bauble, ma sembrava che si stessero rivolgendo anche a Zelli.

«Solo perché hai una ssschifosa cotta per Sbudello!» sbottò Snabla rivolto al libro, occhieggiando.

«Non è vero!» protestò questo.

«Invece sì!»

La piattaforma si scosse improvvisamente e tutti, tranne la professoressa, trasalirono.

Un gemito che giungeva da chissà dove lacerò il vuoto echeggiante che li circondava, un grido raccapricciante che li mise tutti a tacere.

Hugo sembrava sul punto di fare la muta. «Che cosa è stato?» sussurrò, tremando.

«Fai troppo rumore, taci» rispose Zelli, premendosi un dito sulle labbra. "E smettila di complottare" pensò. "Qualsiasi cosa tu stia architettando, piantala!"

Passò solo un minuto prima che i sussurri riprendessero, stavolta ancora più udibili.

«No» squittì Bauble.

«Sì! Sì, sssì! Vuoi che quel puzzone di un goblin ti porti al ballo di primavera! Vuoi piroettare e volteggiare con Sssbudello!»

«Non siamo qui per parlare di questo» li interruppe Hugo, e tanto bastò a causare un altro scossone della piattaforma e un altro lungo, penoso lamento dell'ignoto spirito inquieto che infestava l'aula. Chiunque avesse avuto l'idea di riservare questo luogo alle punizioni doveva sapere ciò che stava facendo.

«Siediti con noi» la incoraggiò Hugo.

Zelli sospirò. «No. Lasciatemi in pace.»

«Dai» disse lui. «Il banco di fianco a me è libero.»

«*No.*»

Zelli spostò le braccia, scoprendo il ritratto di Cindro il Giovane. Tutti volevano dire la propria sulla loro rivalità con i Draghi di Acquafonda, ma a Zelli non importava nulla. Ovviamente erano i migliori in tutto: le loro scaglie erano dure come acciaio, sapevano volare e sputavano fuoco. Come poteva un mucchio di adolescenti sgangherati competere con loro?

"Certa gente non sa proprio qual è il proprio posto" pensò, poi si accigliò. "Come me. Io lo conosco, il mio posto? È quaggiù? È là fuori?"

L'Aula della sofferenza e della monotonia eterna era priva di finestre, ma Zelli si ritrovò a fissare un punto dove avrebbe potuto aprirsene una. La sua gamba tremava ancora.

Osservò la professoressa, gli gnoll, gli studenti alle sue spalle che cercavano visibilmente di sembrare invisibili, un orsogufo, un libro mimic e un coboldo. Era imbarazzante. Chi voleva prendere in giro, sperando di farsi accettare qui? L'accademia non era il suo posto, questo era sicuro. Forse non apparteneva nemmeno agli umani, e forse le sue due madri pensavano davvero che un giorno sarebbe stata un bravo minotauro. Ma, quale che fosse il suo destino, sembrava certo che avrebbe dovuto scoprirlo da sola.

"Fendiforte o Colpotonante... Che cosa sono?"

Adagiò di nuovo la testa sulle braccia e cercò di zittire quelle voci. "Che cosa sono?" si chiese di nuovo, cercando di chiudere gli occhi e dormire. "Qualsiasi cosa sia, non lo scoprirò restando qui."

Zelli non era la presidente del Club degli Spioni al pari di Hugo, ma era stata abbastanza attenta durante le lezioni del corso avanzato di Furtività e appostamenti avanzato e sapeva che attendere il calare della notte era la cosa più saggia da fare.

E così fece.

Scesa la sera, stivò nello zaino della frutta secca, un acciarino, quello che rimaneva della sua paghetta, una camicia di lino pulita e un farsetto.

A parte i libri di testo, tutta la sua vita stava dentro uno zaino. Persino nelle pause tra un semestre e l'altro Zelli viveva a scuola, visto che in qualità di professoressa sua madre aveva diritto a un alloggio nell'accademia.

"Conosco solo questo posto" rifletté.

Dopo aver messo via le sue cose in silenzio – la melma con cui divideva la stanza dormiva della grossa – Zelli strappò un pezzo di pergamena da un quaderno e prese una penna dalla scrivania. Come cominciare? Come…

FLUMPHS
LE GOBLETTES
sigh —

Zelli si strofinò la manica sugli occhi, sapendo che presto sarebbero sgorgate le lacrime. Fissò la pergamena storta e accartocciata, e scrisse al chiaro di luna, con la finestra già aperta e la fune pronta per essere lanciata fuori.

Non voleva rischiare di svegliare Bloppy, la melma quieta e studiosa che ronfava sotto uno stendardo dei Dungeon Academy Flumph.

"Mamme" scrisse Zelli, con la penna che graffiava rumorosamente la carta nel cuore della stanza buia e silenziosa.

Lasciò il biglietto sulla scrivania, di fianco a una scatoletta di velluto simile a quella che aveva donato alla madre per il suo compleanno. All'interno si trovava un anello da naso filigranato, su misura per il piccolo viso di Zelli. Un giorno, quando sarebbe stata grande abbastanza, si sarebbe fatta forare il naso. Alla moda dei minotauri. Ma bisognava guadagnarselo, e lei stava scappando da quel riconoscimento.

"Mi dispiace non essere ciò che avreste voluto" pensò con un sospiro.

Zelli accarezzò la scatola, poi inforcò lo zaino sulle spalle, si strinse bene la vecchia cappa attorno al collo e in punta di piedi si accostò alla finestra. Sopra al paesaggio si stendeva un cielo trapunto di stelle, e ogni cosa oltre i confini della scuola nascosta tra le montagne sembrava immobile e tranquilla, con gli alberi nel cortile che, così distanti, somigliavano a giocattoli. Trasalì, strinse forte la corda e si lanciò nella gelida aria notturna, tremando al pensiero dello strapiombo sotto i suoi stivali.

Per un istante, fu tentata dal tepore accogliente della sua stanzetta. Se fosse tornata indietro, avrebbe potuto stracciare il biglietto e fare finta di niente, dimenticandosi tutta questa follia. «No» disse, osservando le volute di fiato che si libravano nell'aria. No, non sarebbe mai stata in grado di dimenticare quello che aveva visto nel libro, né quello che aveva udito nell'ufficio del preside. Dentro quella stanza, ad attenderla c'erano solo rimpianto e frustrazione. E fuori? Fuori c'erano le risposte.

Risposte e pericoli.

Zelli si calò giù dalla fune, un po' incerta. La discesa era tosta e, anche se per la sua età era forte, non aveva calcolato il peso dello zaino; quasi subito cominciarono a dolerle le spalle mentre le mani scivolavano sulla corda per il sudore. La parete montagnosa si inclinava man mano verso l'esterno, offrendole più sporgenze e rientranze dove infilare i piedi. Ma la fune grezza era lo stesso scivolosa e le scavava i palmi delle mani, e il dolore alle spalle non faceva che aumentare.

"Non guardare giù, non guardare giù..."

Uno stivale perse l'appoggio, provocando una cascata di ghiaia che la spaventò. Trasalì e si aggrappò alla corda con più forza, ma fu inutile. Le sue mani erano troppo stanche, e

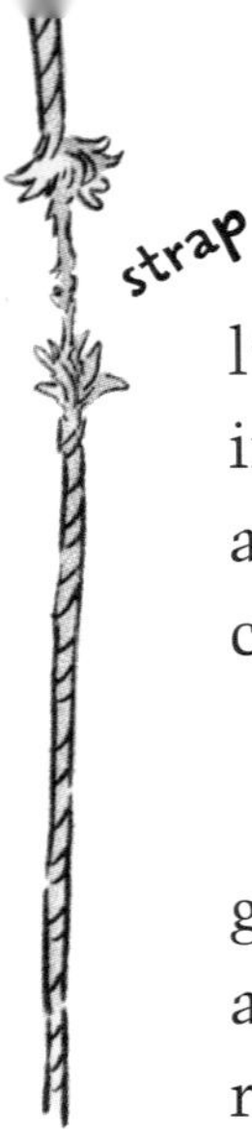

l'equilibrio era stato compromesso dallo slancio improvviso del piede in fallo. Ormai era giunta all'altezza delle cime degli alberi, non le mancava poi molto.

"Resisti, solo un altro po'!"

Zelli incespicò, con le mani che si avvinghiavano disperatamente prima alla fune e poi alla ripida parete della montagna, ma non c'era nulla a cui aggrapparsi... con un grido soffocato cadde, precipitando tra gli alberi sul fianco della montagna.

5

Tra un grido e un tonfo, Zelli piombò su qualcosa di caldo, morbido e decisamente vivo.

«Hugo!»

L'orsogufo gemette, abbattuto dall'impatto inatteso con una ragazza in caduta libera. Zelli rotolò via, si spolverò la cappa e si accertò di non avere nulla di rotto. La manica aveva un piccolo strappo, ma era l'unica vittima di quel volo potenzialmente terribile.

«Dobbiamo smetterla di incontrarci così»

borbottò Hugo, rimettendosi in piedi e lisciandosi piume e pelliccia.

Si trovavano in una piccola radura, un avvallamento dove alberi alti e contorti crescevano formando una mezzaluna intorno a una gorgogliante fontana, decorata con un gargoyle ad ali e braccia spiegate che zampillava sangue dalla bocca: un monito minaccioso per gli eventuali intrusi.

Zelli si accorse che lei e Hugo non erano soli; c'erano anche Snabla e Bauble. Il libro mimic era infilato in una grossa sacca di pelle che Hugo aveva appoggiato alla base della fontana. Gli occhi di Bauble sulla copertina fissarono Zelli, Snabla sibilò e agitò lo scudo, poi capì che si trattava di lei e se lo rimise sulle spalle.

Di fianco alla sacca di Hugo giaceva una fune di lenzuola annodate.

«Che ci fate qui?» sussurrò lei, ritraendosi contro la parete e dando un paio di scossoni alla fune, sciogliendo il nodo che aveva stretto nella sua stanza, molto più in alto.

«I nostri compagni di classe hanno bisogno di noi» ribadì Hugo con placidità, anche se dalla posizione di allerta delle piume sulle sue orecchie Zelli capì che era teso. Non c'era da sorprendersi; a nessuno era consentito uscire da scuola dopo il tramonto, a meno di non avere un permesso speciale del preside. «Abbiamo escogitato un piano durante la punizione. Ho cercato di invitarti!»

«Li troveremo» aggiunse il coboldo, apparentemente senza paura mentre si ergeva in una posa eroica. «E finalmente Snabla dimostrerà di essere degno dell'attenzione di sssuo padre.»

«Ti farai ammazzare, altroché!» lo contraddisse Zelli.

«Non ti lasceremo da sola» aggiunse Bauble, districandosi dalla sacca e scivolandole incontro.

Zelli si afflosciò, raccogliendo la sua fune tutta ingobbita. Non riusciva a credere che volessero ancora seguirla, e soprattutto *aiutarla*. «Nonostante tutto quello che vi ho detto?»

«Sappiamo che non dicevi sul serio» rispose Bauble. «Stavi solo cercando di spaventarci. Ma non abbiamo paura. V-vero?» Guardò Hugo e Snabla in cerca di sostegno.

«Vero!» concordò Snabla, di nuovo nella sua posa ridicola.

Bauble si immobilizzò e si trasformò in una lanterna ricca di fregi. Snabla sogghignò, poi si abbassò e la prese per il manico, sollevandola per fare luce. Due ganci rotondi ai lati del pannello frontale sbatterono le palpebre rivolgendosi a Zelli. «Tu aiuti gli altri, noi aiutiamo te.»

«Davvero non posso convincervi a restarvene qui?» chiese Zelli, infilando la fune nello zaino e inoltrandosi nella fitta coltre di alberi che circondava l'area della scuola.

«Temo che siamo tutti piuttosto determinati» rispose Hugo, mentre Snabla si gettava in avanti e la lanterna Bauble gridava al coboldo di rallentare. La sua luce tremolava sul suolo della foresta, e i suoi cardini cigolavano e scricchiolavano.

«Che strano» disse Zelli, seguendo la scia di luce tra gli alberi, sfiorando le ruvide cortecce mentre si allontanavano sempre di più dalla montagna. L'accademia era arroccata su una cima anonima, così poco ripida e sinistra da non attrarre la curiosità degli avventurieri. Era una montagna qualunque, anche se, una volta raggiunta la foresta che la circondava, la vegetazione diventava impenetrabile, simile a un confuso labirinto di querce tutte uguali e contorte. Qua e là spiccavano alcuni punti di riferimento, come la fontana, che mettevano in guardia l'occasionale viaggiatore sperduto. «Da qui non sembra niente di che» notò Zelli, lanciando un'occhiata alla scuola man mano che le chiome fronzute sopra di loro ne cancellavano la vista.

«Sembra un luogo sicuro» sospirò Hugo.

"Per te, forse."

«Sarete in un mare di guai quando tornerete all'accademia, sapete» gli disse Zelli, evitando rami caduti e ceppi, mentre si dirigevano verso nord.

«E tu no?» chiese Hugo.

Lei lo guardò, socchiudendo le palpebre.

«No, tu no. Perché tu non tornerai» constatò lui. «Perché non sei come noi. Sei un'umana.» Zelli si fermò, per poco non inciampò in una strana radice. «No, io... cioè. Ma tu... come lo sai?»

Hugo ridacchiò, e le piume del collo si sollevarono. «Ho notato che una delle tue corna era messa di traverso quando te ne sei andata da Orribili umani, oggi pomeriggio, per dirne una. E poi non hai gli zoccoli, non hai una pelliccia, è tutto molto evidente. Ma la gente non ci fa caso. Non vede oltre la punta del proprio becco.»

Forse aveva sottovalutato Hugo. Zelli si sistemò lo zaino sulle spalle ed emise un sospiro lungo e sofferto. «Allora saprai chi sto cercando. Il motivo per cui...»

«La somiglianza è incredibile» ammise Hugo. Fu un sollievo, per lei, non doverlo dire a voce alta. «Ma ciò non significa che tu debba stare con gli umani e non con noi. Non sei stata cresciuta come loro; non ti comporti come loro né pensi come loro. Anche all'accademia c'è un posto per te. Con noi.»

Zelli scosse la testa, notando che la luce della lanterna era sempre più vicina e brillante; Snabla e Bauble dovevano essersi fermati.

«Non lo so, Hugo...» mormorò lei. «Non lo so. Per favore, non... non dirlo agli altri, non ancora. Non voglio che lo sappiano.»

Hugo scrollò le sue immense spalle pelose. «Come preferisci. Non spetta certo a me rivelare il tuo segreto.»

«Sssciagura! Disssastro!» esclamò Snabla annaspando tra gli alberi, schiaffando Bauble in mano a Hugo e piegandosi sulle ginocchia, senza fiato.

«Di già?» chiese Hugo, chinandosi per esaminare il coboldo. «Quale sciagura? Che disastro?»

«Sssnabla ha fame! Una fame reboante!» gemette il coboldo, con le mani sullo stomaco. «Esige cibo, sssciocchi! Cibo!»

«Che cos'hai nello zaino?» chiese Zelli, stupita che dopo soli dieci minuti fuori dall'accademia il coboldo fosse già in difficoltà. «Io ho un po' di frutta secca e qualche galletta...»

«No! No! Non basssta! Non basssta!»

Hugo estrasse una borraccia dalla sacca, poi vi scrutò dentro. Quando la scosse, non emise alcun suono. «Mmm... sembra che ci siamo dati all'avventura vagamente impreparati.»

«*Vagamente*?!» Zelli alzò le mani al cielo. Non aveva certo abbastanza cibo per sfamarli *tutti*. «Nemmeno una briciola? Nessuno di voi? A che pensavate durante la punizione?»

«Non c'è da preoccuparsi, miei cari e famelici amici» rispose Hugo con un sorriso. Prese una mappa, la srotolò con un salamelecco e indicò un piccolo puntò azzurro a nord della foresta. «Non distante dalla linea degli alberi si trova un lago, il che significa umidità, e umidità significa funghi!»

Chiuse gli occhi e fremette di eccitazione, poi si affrettò in avanti, mentre Bauble faceva luce. «Deliziosi, amati funghi!»

«Carne, stolto pennuto! Carne! Cosce, midollo, cartilagini e grasso!» strillò Snabla. Sbavando, si alzò e lo seguì.

Hugo lo ignorò, sfrecciando tra gli alberi. Poi si fermò, solo per un istante, gettando uno sguardo a Zelli, con la testa reclinata e uno scintillio negli occhi che ponevano una domanda muta. "Vieni?" sembrava chiedere.

Zelli si disse che avrebbe potuto proteggerli. Si disse che sarebbe venuto il mo-

mento in cui defilarsi e trovare Allidora Fendiforte da sola. Ma fino ad allora, fino a quel momento, forse non era così male viaggiare in compagnia.

«Vieni?» la chiamò Hugo, stavolta sul serio.

«Arrivo» rispose Zelli, seguendo l'orsogufo, il coboldo e Bauble nell'inquietante oscurità dei fitti alberi.

6

«E quindi questa era la Foresta Senzafine. Pensavo che fosse, come dire… senza fine.» Zelli si tolse lo zaino e si massaggiò le spalle indolenzite, mentre si voltava a osservare la direzione da cui erano giunti. Lo stretto sentiero che avevano percorso e che, fino a un attimo primo era pienamente visibile, sembrò svanire davanti ai suoi occhi: le querce ora formavano un argine solido e impenetrabile, e della montagna dell'accademia non rimaneva che una macchia indistinta nell'oscurità.

«In effetti, è stato facile attraversarla» gioì Bauble, ancora sotto forma di lanterna, ora retta da Hugo. «Nella biblioteca è custodita un'affascinante storia dell'accademia, ma immagino che non l'abbiate mai letta. Io la so praticamente a memoria! La foresta riconosce chi è il benvenuto, consentendogli di attraversarla, ma chiunque altro sarà condannato a vagare per giorni e giorni, finché...»

Snabla si passò l'artiglio sulla gola ed emise un singulto strozzato. «Forssse Snabla deve ricordarvi della sua fame insopportabile? Forza, forza, a caccia!»

Il coboldo si diresse verso il canneto in fondo a un dolce declivio, con lo scudo che gli batteva rumorosamente sulla schiena. Una fila di macigni segnava il percorso fino all'acqua, i resti dimenticati di un falò sulla riva del lago.

Da lì, il terreno si innalzava ancora, occupato da alberi meno fitti e meno minacciosi che intersecavano un sentiero di terra battuta.

Ancora più a oriente le montagne toccavano il cielo, e le cime più alte erano circondate da anelli di nuvole.

«Come fai a saperlo?» chiese Zelli alla lanterna, mentre seguivano Snabla. «Della Foresta Senzafine? Io non ne ho mai sentito parlare.»

«Io so tutto sull'accademia!» cinguettò Bauble. «È il mio argomento preferito! Sapevi che fino a duecento anni fa la mascotte era un bulette?»

Zelli non riusciva a capire il motivo per cui avrebbero dovuto scegliere un bulette come mascotte. Era una creatura sotterranea brutta, cattiva e rapace, con zanne affilate come rasoi e un testone a punta. Certo, era feroce, ma era anche *orripilante*.

«Il consiglio accademico decise di cambiarla dopo che un *vero* bulette fece irruzione nella scuola e inghiottì tutt'intero un coboldo del terzo anno.»

«Brutta storia» sussurrò Zelli.

«I flumph sono molto più gradevoli» assentì Hugo. «Oltre che più... *flumphosi*.»

Trovarono Snabla sul margine dello specchio d'acqua, la sacca e lo scudo gettati a terra. Del falò abbandonato non rimaneva altro che qualche pietra e uno sbaffo di fuliggine, mentre due pali inclinati reggevano una tenda ridotta ormai a uno straccio.

«Tu e Bauble cercate di accendere un fuoco» ordinò Hugo, posizionando la lanterna di fianco a Snabla. «Io e Zelli cercheremo un po' di cibo ai margini della foresta. Siamo vicini al lago, sicuramente troveremo qualcosa di commestibile.»

«Fuoco! Sssì! Fuoco, certo!» esultò Snabla, torcendosi le mani con avidità. Poi sgranò gli occhi e lo sguardo cominciò a rimbalzare tra Hugo e Zelli. «Mmm, sì, esattamente come... Quando dite a Snabla di... Dopotutto, una vita intera passsata nell'accademia! Mmm, sì. Mmm...»

Il coboldo si chinò e raccolse due legnetti, poi cominciò a strofinarli tra loro, con la lingua di fuori per la concentrazione.

«Bauble?» Zelli interrogò la lanterna.

«Non sono un autentico fuoco» sbottò la mimic, un po' scocciata. «Lo sapreste, se aveste seguito Biologia!»

Zelli rovistò nello zaino e lanciò un acciarino a Snabla. «Tieni. Picchialo contro una pietra sopra a un mucchio di foglie secche.»

Fortunatamente, Bauble si trasformò subito in un carrettino: i bordi di ottone della lanterna si allungarono e si curvarono, i vetri divennero le fiancate di legno e il fondo del carro.

«Così raccogliere le foglie sarà più facile» disse Bauble, occhieggiando dalle ruote.

«Andiamo?» chiese Hugo, chinando leggermente la testa. Quindi si diresse verso gli alberi radi al di là del lago. L'acqua lambiva placidamente il canneto e le pietre, mentre nel cielo, al di sopra delle montagne, splendeva la luna piena. Zelli guardò dietro di sé, aspettandosi di vedere la Dungeon Academy, un faro, un talismano, ma ormai era impossibile. Fu scossa da un brivido.

«Oh, guarda!» Il grido eccitato di Hugo la strappò alla malinconia. Correva saltellando, in modo rumoroso, e a causa della sua stazza il terreno sotto i loro piedi tremava, mentre si dirigeva verso uno scintillio metallico tra i cespugli.

«La trappola di un cacciatore» suggerì Zelli, rivelando un meccanismo rudimentale che però aveva sorpreso una lepre. L'animale sembrava lì da un po', ma dubitava che Snabla se ne sarebbe accorto. Hugo ebbe un lieve conato. «Cerca dei funghi; di questo mi occupo io» disse Zelli.

«Grazie» rispose lui, riconoscente.

In breve la ragazza si sbarazzò della funicella e della tavola, liberò la lepre e la infilò nel sacco. La sagoma alta e argentata di Hugo stava per svanire tra gli alberi, ma lei lo raggiunse, gli occhi a terra. «Che cosa stiamo cercando?»

«Funghi! Guarda alla base di quegli alberi e sui ceppi» la istruì Hugo. «Non prendere nulla che abbia un po' di rosso, o delle macchie bianche, o qualsiasi cosa con una specie di gonna intorno al gambo.» Trillò di gioia e si piegò, stringendo tra gli artigli un agglomerato di piccoli funghi di un tenue colore dorato. «Magnifici! Saranno perfetti! Forse posso trovare anche qualche aglietto selvatico; allora sì che potremo goderci un vero stufato...»

«Avrei dovuto portare Bauble in formato lanterna; non vedo niente...»

«Lascia fare, amica mia. Al buio ci vedo bene.»

Zelli annuì e si rese utile reggendo i tesori commestibili che Hugo aveva scoperto nella terra umida fra le radici degli alberi e le sterpaglie. Era strabiliante osservarlo in azione, a tal punto che per un attimo si dimenticò del motivo per cui si stavano accampando e facendo provviste.

Hugo doveva essersi accorto del suo silenzio, perché una volta raccolto un ultimo fungo glielo diede e poi fece cenno di tornare indietro. «Non hai paura? A stare da sola con un mostro malvagio, intendo.»

Zelli smorzò una risata. «No, e tu? Dovremmo scannarci, io e te. Non fare provviste insieme.»

«Non tollero granché i *dovremmo*» disse Hugo. «Dovrei ingollare ogni brandello di carne e ossa su cui si posano i miei artigli, eppure il solo pensiero mi disgusta. Snabla dovrebbe essere un guerriero minaccioso e Bauble dovrebbe ingannare e divorare. Ti sembra che qualcuno di noi sia adatto a questi scopi?»

«Immagino che tu abbia ragione» concesse Zelli, con la sacca e le braccia cariche di piante, funghi, della lepre e persino di una pesante zucca tonda. «Io... non so più quale sia il mio scopo. Per tutto questo tempo ho desiderato soltanto tenere la testa bassa ed essere ignorata. Sapevo di non essere un minotauro, ma non mi sentivo nemmeno un'umana, e sapevo che un labirinto dove affrontare avventurieri non era un posto per me. E ora, che faccio? Qual è il mio posto?»

«Ora come ora, qui con noi, credo.»

Hugo sorrise meglio che poté, consi-

derato il becco, e i suoi occhi luccicarono dolci nell'oscurità. «Il tuo posto è in questo viaggio, alla ricerca della tua gente e forse, quando troverai le risposte che cerchi, il tuo scopo ti sarà chiaro.»

Zelli annuì, con il viso improvvisamente rosso. Nessuno le aveva mai detto qualcosa di così gentile prima d'ora, e la sensazione di calore che le diede fu quasi sgradevole. E strana. La spingeva a parlare ancora, a dire altro, forse troppo, e invece tacque. Ma quello che Hugo le aveva detto *era* gradevole, quindi parlò un'ultima volta prima di tornare all'accampamento e ai fumosi tentativi di accendere un fuoco. «Se dovessi trovare qualcuno dei Fendiforte, per voi sarà troppo pericoloso. Anche se dovesse capire che sono umana, non posso promettere che comprenderà... *questo*.»

«Questo» ripeté Hugo con un sospiro.

Questo legame di amicizia. Zelli scrollò le spalle. «Questo viaggiare con tutti voi. Potrei dovervi abbandonare. Per sempre. Lo sai, vero?»

«Chi può dirlo» sussurrò lui, «finché il tuo scopo non ti sarà chiaro? Ah, il fuoco è pronto! Prepariamo il nostro banchetto improvvisato.»

Gli occhi di Snabla praticamente schizzarono fuori dalle orbite alla vista della lepre.

Nonostante gli artigli affilati Hugo, a causa del suo disgusto per la carne, non riuscì a cucinare la lepre, ma poco importava, perché Snabla si accontentò di bruciare la pelliccia e consumare il suo pasto. Dopo aver ammonticchiato un po' di brace ai lati del fuoco, Hugo svuotò la zucca e la usò come una pentola, posizionandola di fianco ai carboni ardenti e versandoci dentro le piante e i funghi che avevano trovato. Infine aggiunse un po' di acqua di lago per amalgamare il tutto.

«Che cosa mangiano i mimic?» domandò Zelli, appoggiandosi allo zaino mentre attendeva la cottura della cena. «Avventurieri? Con stivali e tutto?»

Bauble aveva ripreso la forma che gli appariva più congeniale, quella di un ponderoso libro. Zelli, osservando con attenzione la copertina, notò che era decorata da rune. Il titolo lo indicava come una storia completa dell'accademia.

«Possiamo assimilare di tutto» rispose; i suoi occhi, benché mimetizzati tra i fregi del libro, sembravano sfidarla. «Anche gli avventurieri, sì. A Biologia sei *mai* stata attenta?»

«Scusa, sono stata sgarbata» disse Zelli, mordendosi l'interno della guancia.

«Chiederei anch'io che cosa mangiano i minotauri, ma lo so già» disse Bauble. «Perché, a differenza di qualcuno, io studio!»

«Sssegreti...» tentò di indovinare Snabla. «Misssteri.»

Risero, poi Snabla si girò, raccolse lo scudo malconcio e lo sollevò al di sopra delle sue orecchie storte. «Come quelli incastonati in questo poderoso ssscudo.»

Zelli non aveva idea di cosa potesse essere "incastonato" in un rottame del genere, ma prima che potesse dire alcunché, il coboldo le aveva messo

in mano lo scudo. Le sembrò fragile, tenuto insieme da speranze, sogni e qualche chiodo cedevole. Ma lungo la curvatura del bordo interno notò un'iscrizione.

A differenza dello scudo, l'iscrizione sembrava di ottima fattura, in un bel grassetto, come la targa ai piedi della statua di un re.

«Tra le minacce che divampano, la fiamma svela le vere scaglie di un drago» lesse. «Forse è incantato.»

«Continuo a ripeterglielo» disse Bauble. «Potrebbe venirne a capo, se trascorresse più tempo in biblioteca e meno a compatirsi.»

«Snabla non si compatisssce» ribatté il coboldo, riprendendosi lo scudo e stringendolo al petto con fierezza. «Snabla è sssolo impaziente. Deve dimostrarsi degno agli occhi di suo padre, e poi potrà avere un vero scudo! Lo ssscudo di Sneef il Senzafine!»

Zelli osservò il piccolo coboldo aggrappato allo scudo e avvertì un moto di compassione. Come avrebbe potuto impressionare Sneef il Senzafine? Snabla doveva sentirsi ferito dal fatto che il padre non lo considerasse degno di imbracciare il suo scudo ancestrale.

Fu allora che Hugo annunciò che la cena era pronta, così Bauble assimilò un po' dello stufato, e Zelli scoprì che la più improbabile delle creature, un orsogufo massiccio, pennuto e artigliato, era un cuoco davvero eccellente. Quando si furono saziati e Snabla si sedette accompagnato da un rutto, pulendosi i denti con un ossicino, Bauble smise di fissare il fuoco e disse: «In ogni racconto e in ogni leggenda, una compagnia di avventurieri ha un nome. Quale scegliamo?».

«Non sssiamo dei luridi avventurieri! Siamo abitatori dell'ossscurità» lo corresse Snabla. «Non adottiamo i cossstumi di quegli schifosi umani, elfi e nani.»

«Che ignoranza» sospirò Bauble, alzando gli occhi al cielo. «Non è questione di umani o altro, sono solo leggende, che riguardano tutti coloro abbastanza coraggiosi da lanciarsi in un'impresa.»

«Sono d'accordo» disse Hugo pensieroso, poggiando il mento su un artiglio ricurvo. «Forse dovremmo fare una proposta ciascuno, e poi votare.»

Zelli impallidì. Sperava che Hugo rifiutasse l'idea di Bauble. La loro compagnia era destinata a dividersi. Una volta trovati i Fendiforte, il loro viaggio insieme sarebbe finito. Sperava solo in un finale senza violenza.

«Snabla si assstiene» protestò il coboldo, scagliando via l'ossicino. Ma non appena lo stuzzicadenti candido fu atterrato nell'erba, un *CRACK* assordante li fece tutti scattare in piedi.

«Un fulmine?» si chiese Hugo a voce alta, ma non ci volle molto per notare la nube violacea che si allargava sull'avvallamento delle montagne a nord-est. «Il villaggio... è da quella parte. Cornalbero.»

«Là la gloria ci assspetta!» strillò Snabla, prendendo lo scudo e mettendoselo in spalla. Suo malgrado, Zelli fu costretta ad ammettere che il piccoletto aveva coraggio. L'ultima cosa che lei voleva era dirigersi verso quel suono, il coboldo invece era già in marcia, minuscolo e miseramente improvvisato, senza nemmeno uno scudo decente. Eppure, era pronto a combattere per i suoi compagni. Si chiese che cosa avrebbe pensato un Fendiforte di una simile dimostrazione di spavalderia.

«Venite! Sssnabla si dimostrerà degno! Venite!» il coboldo saltellava senza sosta, calciando il terreno mentre li incalzava a seguirlo sul sentiero nella foresta.

Zelli diede un'ultima occhiata alla minacciosa nube viola che incedeva in lontananza, trasse un profondo respiro e raccolse lo zaino.

«Ha ragione» disse, costringendosi a sorridere. «Racconti e leggende; non faremo parte né delle une né delle altre, se rimarremo qui.»

7

Il sentiero solenne e sinuoso si innalzava con regolarità attraverso una foresta sempre più spessa, densa di alberi contorti come cadaveri, al di là di cumuli d'ossa ripuliti dai corvi vigili sui rami. Il chiaro di luna filtrava attraverso le chiome, anche se camminavano soprattutto nell'oscurità, con il libro Bauble nella bisaccia di Hugo, tutti d'accordo a non accendere una lanterna che avrebbe potuto attrarre attenzioni indesiderate.

Il puzzo di bruciato li raggiunse ben prima che il sentiero si allargasse fino a diventare un'ampia strada lastricata, ben prima di passare sotto un sottile arco di metallo a cui l'insegna Villaggio di Cornalbero, appesa ormai a un solo cardine, dondolava mestamente.

«Vedete i nostri compagni?» chiese il libro,

scomodamente posizionato dietro le grandi spalle pelose di Hugo.

Zelli era ammutolita. Non aveva mai visto una simile devastazione. Il suo primo ricordo di un villaggio della sua specie, ed era in rovina. Le case abbandonate, gli animali vaganti, spaventati, le finestre distrutte e i tetti anneriti dalla fuliggine, pennacchi di fumo grigio che vorticavano verso la nube viola sopra di loro.

«Non vedo nessuno» disse piano Hugo.

«Spariti» mormorò Zelli. Avanzò, al di là della strada e oltre una bancarella rovesciata, fino all'abitazione più vicina. Scrutò oltre la soglia e la trovò vuota. Quando chiuse gli occhi e si concentrò, le sembrò di poter udire le grida della famiglia in fuga. «Sono fuggiti tutti.»

Girovagò, smarrita, verso il cuore del villaggio, trascinando i piedi, seguendo un sentiero di oggetti abbandonati. Cestini, coperte, armi, mele, bambole e scarpe. Se gli abitanti erano stati costretti a fuggire, perché non si erano portati dietro le proprie cose? Nella piazza, percepì il gelo di un luogo un tempo animato e vivido, ormai deprivato di qualsiasi sentore di vita. Poteva immaginare le danze, le sagre, le feste per il raccolto e gli affollati giorni di mercato. Ora non c'era più nulla.

"No" pensò, accorgendosi di un bagliore nel fango. "Qualcosa c'è..."

Incastrato tra due ciottoli, mezzo coperto di fango, spuntava un distintivo d'argento. Zelli lo ripulì con un lembo del mantello e ne studiò l'aspetto. Il cuore le sprofondò. Due spade incrociate con un orso ringhiante nel mezzo. Lo stesso stemma che aveva visto sul farsetto di Allidora Fendiforte. Gli altri si stavano avvicinando, e Zelli si alzò in fretta nascondendo il distintivo nella cintura, girandosi verso di loro con quella che sperava fosse un'espressione priva di colpa.

Gli occhi di Hugo indugiarono a lungo su di lei. «Trovato niente?» chiese.

«No.» Zelli scosse la testa. «È strano. Hanno abbandonato ogni cosa...»

Hugo si levò la sacca, permettendo a Bauble di guardarsi attorno. Il libro gemette, spaventato, e si trasformò subito in un orologio da taschino. Poi in una sedia. Poi in una felce in vaso che batté le palpebre dietro la testa di Zelli, rivolte alla nuvola viola. «Questa è MAGIA NERA. Magia malvagia. Come, come...»

Tutti attesero, in silenzio.

«Necromanzia» sussurrò Bauble.

Persino Snabla sibilò e si nascose dietro lo scudo. I mostri non amavano avventurieri, eroi e loro simili, ma tutti, tutti, temevano e disprezzavano la necromanzia. Zelli era cresciuta con racconti di necromanti che nascondevano scheletri sotto i letti, spettri e non morti e ghoul che infestavano gli incubi di molti cuccioli. Alterare la morte era innaturale, e benché la scuola accettasse l'eccentrico professor Gast e le sue crisi di identità, nessun altro necromante era tollerato né tantomeno preso in considerazione. La vita era vita, la morte era morte, e immischiarsi in tali questioni metteva a repentaglio l'ordine dell'universo. Di colpo Zelli sentì le mani farsi gelide. Cose simili sembravano così distanti dalle loro vite a scuola, eppure tutt'a un tratto erano così vicine. E che altro, se non qualcosa di incredibilmente malvagio, avrebbe potuto spiegare non solo la scomparsa di tutti quei villici, ma anche dei loro compagni? Un borgo così piccolo non avrebbe mai potuto impensierire melme, coboldi e kuo-toa del sesto anno.

"A meno che questo disastro non sia stato causato da un necromante, ma dalla mia famiglia" le balenò in mente.

Sulla difensiva, Zelli posò la mano sul distintivo nascosto sotto la cintura.

«Che cosss'è questo aggeggio? Quale diabolica arma?» Snabla si era chinato a raccogliere un oggetto argentato e inzaccherato. Lo mostrò a tutti loro, girandolo di qua e di là.

«È solo una forchetta» gli disse Zelli, sollevata che il coboldo non avesse trovato nulla di veramente pericoloso.

Ma Bauble ridacchiò. «Sciocchezze! È uno scaccolatore nanico.»

Zelli scosse la testa. «Ma che dici? È senza dubbio una forchetta.»

«*Tu* sei quella con i voti bassi» le ricordò Bauble. «*Io* ho il massimo in Lamenti spettrali e altri rumori inquietanti, Gestione del bottino e Come indignare e offendere. Penso di saper distinguere uno scaccolatore nanico quando ne vedo uno.»

«E va bene» sospirò Zelli. «Che scaccolatore nanico sia! Errore mio.»

«Guarda! Qualcosa! Qualcosss'altro!» Snabla si mise a saltellare, correndo via. Delle impronte. Aveva trovato una fila di impronte. Si snodavano nel fango, a nord del villaggio. Dove finiva il ciottolato, erano visibili delle viscose pozze viola e blu, che ribollivano di calore.

«Malvagità» sussurrò Bauble di nuovo in versione felce, di nuovo al sicuro nella sacca di Hugo. Nonostante il minaccioso avvertimento,

Snabla fece per immergere un artiglio nella fanghiglia misteriosa.

«Non toccarla!» gridò Bauble.

«Bauble ha ragione. È come il cibo. Mai toccare o mangiare qualcosa che non conosci» disse Hugo, severo.

«Non so dire quale magia sia stata usata qui. Ma so che è meglio non scherzarci su.» Le foglie di felce tremarono nello zaino.

«Allora proseguiamo» disse Snabla, dirigendosi fuori dal villaggio, verso le impronte confuse nel fango.

«Guarda quante ce ne sono qui» disse Zelli. «Come se l'intero villaggio fosse fuggito tutto insieme.»

«E quelle laggiù» aggiunse Hugo, mentre tornavano nell'oscurità familiare del bosco, «sono impronte di coboldo.»

«Sssì, la specie di Snabla! Siamo sul sentiero giusto!» Snabla corse di fianco alle tracce, così veloce che gli altri dovettero affrettare il passo per stargli dietro.

«Stai bene?» chiese Hugo.

Zelli si chiese se agli altri appariva nauseata e intimorita come si sentiva. «Dobbiamo proseguire.»

In realtà, non sapeva come rispondere. Il distintivo che aveva trovato poteva significare qualsiasi cosa. Che i Fendiforte erano fuggiti insieme ai villici, che uno di loro era passato di lì tempo prima ed era stato massacrato, che erano passati di lì nel corso di qualche altra avventura, o che erano effettivamente loro le forze malvagie responsabili della nube viola e delle strane pozzanghere. Si ricordò che, anche se erano sangue del suo sangue, in realtà non sapeva nulla di loro. Potevano essere molto peggio di qualunque creatura che stesse imparando a infestare e saccheggiare all'accademia.

"Lasciare la scuola è stata una sciocchezza" rifletté. "Speriamo di essere abbastanza allenati."

Cercò di farsi coraggio, anche se la parte più prudente del suo cuore le suggeriva che tornare indietro sarebbe stata la scelta più saggia. «Se ci sono tracce di coboldi, significa che i nostri compagni potrebbero essere vivi e vegeti» disse. «Potremmo ancora salvarli.»

«Sì, potremmo» concordò Hugo, sorridendo. «Rallenta, Snabla! Quello scemo di un coboldo ci farà finire nei guai, se prosegue senza di noi!»

«Snabla!» chiamò Zelli. L'avevano perso di vista, e ora le impronte erano meno evidenti, coperte qua e là dall'erba selvatica e dal sottobosco. La luna si alzò alta nel cielo, cancellando la nebbia viola al di sopra del villaggio, ma la sua luce portò ben poco conforto mentre lei, Hugo e Bauble marciavano tra gli alberi e sbucavano in una radura dove trovarono Snabla immobile, lo scudo sollevato in posa difensiva.

Un ululato ruppe il silenzio. Rimase un richiamo solitario finché non si unirono una dozzina di altri ululati: il coro di un branco di lupi. Le creature selvagge di boschi, caverne e montagne di Faerûn non erano come i mostri dell'accademia. Non gradivano che qualcuno invadesse i loro confini, che fosse orco, nano, coboldo o qualsiasi altra creatura. Erano pronti a combattere e a uccidersi tra loro, ma di certo non avrebbero esitato ad attaccare quattro studenti inermi.

I primi occhi gialli comparvero ai margini della radura, poi un immenso artiglio peloso, e poi quelli successivi, e unghie, zanne e musi. Snabla arretrò verso i compagni, tremante di terrore, cozzando contro il ginocchio di Hugo ed emettendo un acuto squittio. Qualcosa di piccolo e morbido ruzzolò nella radura, ma Zelli non riuscì a vedere cosa fosse, perché i lupi erano arrivati in forze, riempiendo lo spazio intorno a loro di zanne digrignanti e artigli affilati.

«Hugo!» gridò Zelli, sfoderando la spada di legno e brandendola di fronte alla bestia più vicina. «Ci servi tu! Con la tua stazza puoi affrontarli!»

Ma quando lanciò un'occhiata all'orsogufo, vide che si era paralizzato, con il becco schiuso per la paura e gli occhi serrati per non guardare in faccia il pericolo. Tremava, e aveva sollevato le braccia muscolose e piumate solo per proteggersi, solo per nascondere il viso.

«Non posso» balbettò. «Perdonatemi, perdonatemi! Detesto il sangue!»

Erano circondati. Il primo lupo spiccò un salto, travolgendo Snabla e strappandogli lo scudo.

"Io li ho portati qui" pensò Zelli, con la spada che nelle sue mani pesava sempre di più. "Io li ho portati qui, e per cosa? Per dei lupi. A morire!"

«Non voltate le spalle ai lupi!» gridò Bauble dalla sacca di Hugo. «Stringiamoci!»

Zelli era già schiacciata contro il fianco di Hugo, ma si avvicinò ancora di più, e così fece Snabla, che senza il suo scudo sembrava disperato e fuori posto. "In che cosa potrebbe trasformarsi Bauble?" si chiese lei. "In un orso? Una trappola? Un vortice di pugnali?"

Poi la sacca di Hugo cadde di lato, Bauble rotolò fuori e si tramutò in un piccolo, ridicolo tamburello.

«Oh no!» Zelli alzò la spada. «È finita.»

8

«Raccoglietemi!» strillò Bauble, tremando e tintinnando a terra. «Raccoglietemi! Su! Forza! Svelti!»

I lupi sembrarono esitare, e a Snabla bastò. Si tuffò verso il tamburello, lo afferrò e lo alzò sopra la propria testa come se fosse un globo magico e non un mucchietto di pelle, legno e sonagli.

«Scuotimi! Scuotimi verso i lupi! Il suono li spaventerà, fallo ora, Snabla!»

«Che umiliazione!» gemette il coboldo, ma fece come gli era stato detto e picchiò il palmo contro lo strumento, mentre Bauble grugniva di dolore a ogni colpo.

Shh-ksh-OUCH!-shing-ch-shing-OOF!-clangity-EHI!

Zelli non credeva ai suoi occhi. I colpi e il frastuono funzionarono. I lupi arretrarono, snudan-

do le zanne, con gli occhi gialli che rilucevano famelici, ma a poco a poco le loro grigie teste arruffate si chinarono, le code si abbassarono e a uno a uno si ritirarono ai margini della foresta, sparendo infine nella vegetazione.

«Continua a scuotermi di tanto in tanto» disse Bauble, con la voce affaticata. Due dischi dorati in cima allo strumento divennero opachi, e il bordo inferiore del tamburello si sollevò a formare un paio di labbra. «I lupi ci gireranno attorno, ma il frastuono li terrà a bada.»

«Bella pensata» gli disse Zelli, tenendo la spada pronta a ogni evenienza. «E per fortuna che a lezione non ti distrai mai... ci hai salvati, Bauble!»

A quelle parole Hugo si ricordò come muoversi e crollò a terra. «Sì, ci hai salvati, Bauble, e io vi ho delusi tutti. A che serve un orsogufo vigliacco? Che c'è di buono in un orsogufo che non sa colpire né picchiare, o fare a brandelli con i suoi affilatissimi artigli e il suo becco? Oh, mi dispiace, amici miei. Mi dispiace.»

«Non essere così duro con te stesso!» cercò di dire Bauble, ma Snabla era già corso via con il tamburello, diretto verso la matassa di pelo tremante dimenticata dai lupi, lasciata lì a fremere nella fredda quiete della radura.

«Bauble ha ragione» disse Zelli, sfiorando dolcemente la spalla dell'orsogufo, che nascose il volto e cercò di spingerla via. «Sei solo andato nel panico. È la nostra prima volta fuori dalla scuola; nessuno di noi sapeva che cosa aspettarsi.»

«Io… mi sono bloccato. Non odiarmi, Zelli. Ti prego, non odiarmi! Non posso cambiare la mia natura, non in una volta sola.»

Zelli sorrise e lo osservò rimettersi lentamente in piedi. «Siamo sopravvissuti. E anche se così non fosse stato, non penso che il mio fantasma ti avrebbe odiato. Non troppo.»

L'orsogufo ridacchiò e tirò su col naso, poi vennero richiamati dall'improvviso grido di eccitazione di Bauble. «Per la Mano Nera di Bane, un cane intermittente! È un cane intermittente!» esclamò, dimenandosi con gioia percussiva. «Che emozione!»

«Un cane intermittente, sssì, emozionante e deliziossso!» Snabla si leccò le labbra, chinandosi per afferrare il cucciolo indifeso.

Era giallo e arancione, con orecchie morbide e pelose e una coda curiosa-

mente lunga. Prima che Snabla potesse toccarlo, sparì, svanendo con un debole *pop*.

Riapparve proprio di fronte a Zelli e Hugo, spaventandoli. Prima che l'orsogufo potesse anche solo trasalire, gli aveva già dato una viscida leccata sulla guancia.

«Buono, buono» ridacchiò Zelli. «Su con la vita, Hugo. Gli piaci!»

«Perché l'abbiamo salvato» disse Bauble, tornando nelle mani di Snabla, che volse al cielo i suoi occhietti porcini e sbuffò: «Ma non è un amico! È cibo!».

«Ti sbagli: non è un amico, è un'*amica*» rispose Bauble, tintinnando senza sosta. «Non possiamo fare del male a un essere così dolce; è tutta sola, deve aver perso i genitori! Che ne dite di chiamarla... Saetta?»

Come se fosse d'accordo, la cucciola svanì e ricomparve sulla testa di Hugo, proprio mentre questi cominciava ad alzarsi, poi si materializzò nello spazio vicino a Snabla, agitando la sua coda ispida contro il tamburello e battendo un gradevole ritmo.

«Saetta sia» disse Zelli. Doveva ammetterlo, era terribilmente carina. «Anche se non sono certa che con noi sia al sicuro. Vedete? Le impronte portano da quella parte.»

Ripresero a seguire le tracce, anche se Snabla mise il broncio, col mento in fuori e le orecchie già flosce ancora più abbassate, mentre marciava al fianco di Zelli. Non faceva niente per nasconderlo. Percuoteva il tamburello ogni pochi passi per tenere lontani i lupi, ma le sue movenze erano rigidissime. Zelli si sarebbe aspettata invece che quella creatura dispettosa provasse un grande piacere a percuotere Bauble alla minima scusa.

«Allora, che c'è?» chiese al coboldo. Il cane intermittente, Saetta, si era adagiato sulle spalle di Hugo con la coda arrotolata intorno al suo collo ampio.

«Che cosa diranno gli altri coboldi quando scopriranno che Snabla ha lasciato che un boccone diventasse un amico? Snabla sssarà la vergogna di tutta la specie! Uno *zibello*!»

«*Zimbello*» lo corresse Bauble con gusto.

Snabla rispose scuotendolo con forza.

«Che ti importa di cosa pensano gli altri?» chiese Hugo, scrutando il coboldo mentre si lasciavano la radura alle spalle, seguendo da vicino la scia sinuosa di varie impronte fin dentro la fitta foresta.

Qualche paio di occhi gialli li osservava, ma i lupi si tenevano alla larga. «Ti conosciamo, Snabla. E sappiamo che non sei uno zimbello. Di fronte ai lupi non hai esitato un istante, dimostrando autentico coraggio.»

«Bah!» strillò il coboldo. «I coboldi dovrebbero sssempre infilzare e trapasssare, conficcare e impalare! Mai amichevoli! Mai!»

Hugo si accigliò e spalancò il becco per replicare, ma Zelli gli fece cenno di no. Il coboldo non aveva bisogno di altri gentili incoraggiamenti. No, quel testardo di Snabla richiedeva un supporto tutto speciale.

«Per quel che conta» sospirò Zelli, «credo che tu sia assolutamente spregevole e terrificante, ma che posso saperne io?»

Snabla si voltò verso di lei, e i suoi occhi si spalancarono, umidi e palpitanti di speranza. «D-davvero?» Portò un artiglio sotto il mento stretto e squamato. «Il minotauro pensssa che Snabla è ssspregevole?»

«Oh, sì. Assolutamente orribile» aggiunse Hugo, annuendo. «Orrendo, tormentoso e detestabile.»

«Il più infilzante degli infilzatori, il più ficcante dei conficcanti» proseguì Zelli, poi lanciò uno sguardo severo a Bauble, come a dire "ora tocca a te, su".

Le labbra di Bauble sarebbero state serrate, se la forma di tamburello gliel'avesse permesso. Ma infine, con gli occhi di Snabla puntati addosso, il mimic borbottò: «Il più ostile dei demoni. Il coboldo più sciagurato di tutti».

"Grazie mille" mimò Zelli con la bocca, alle spalle di Snabla.

Tirando su le sue spalle puntute, Snabla sogghignò e si batté il tamburello contro il fianco. «La compagnia concorda: Snabla è ancora orribile. Il cane intermittente può rimanere sssenza diventare uno ssspuntino.»

Saetta emise un mugolio assonnato.

«Secondo voi ci capisce?» chiese Zelli, spostando un ramo che ostruiva la loro strada, mentre si inoltravano sempre più nel cuore della foresta. Si accorse di una sottile scia di fumo che si sollevava dalla volta boschiva, ma a una seconda occhiata si rese conto che non era grigiolina, ma dello sgradevole color violaceo dei lividi.

«No, ovviamente! Zelli, i cani intermittenti capiscono solo il silvano» la erudì Bauble. «Ti chiederei che voto ti hanno dato in Creature comuni, ma temo di conoscere già la risposta...»

«Laggiù, il fumo viola. Proprio là davanti»

Zelli puntò il dito, e tutti rallentarono fino a fermarsi. Non era pronta a caricare a testa bassa fuori dalla foresta; per ora erano nascosti, e questo dava loro un certo vantaggio.

Hugo estrasse la mappa dalla sacca, spazzando via un po' di erba e qualche fungo. Dopo averla scrutata nel buio, la arrotolò di nuovo prima di rimetterla via. «Più avanti c'è un crinale, Burrone Spezzaossa, con una gola sul lato opposto della caverna... da cui il nome» gemette.

«Potremmo ritrovarci allo scoperto.»

Muovendosi con cautela tra i cespugli, Zelli si appoggiò contro un albero morto e stretto al limitare del bosco, prima che il terreno piombasse nella gola, fino al precipizio del burrone più avanti. Le tracce proseguivano più in basso, facendo una curva, dirette all'ingresso di un'ampia grotta. E, diretta nella caverna, con calma, in perfetto ordine, si riversava una colonna di umani, nani, mezzelfi e halfling, gente di tutti i tipi, vecchi e giovani, non più tanto giovani e non ancora così vecchi.

Snabla assestò un ultimo colpo al tamburello prima di tacere.

«Quella è Patty!» esclamò Bauble. Poiché non aveva le mani per indicare, chiarì: «La bugbear in fondo! Vedete? C'è anche Sbudello!».

«Il tuo graaande amore» lo prese in giro Snabla.

«Taci» borbottò Bauble. «Abbiamo studiato insieme Baratto nel semestre estivo.»

Proprio come aveva detto Bauble, una bugbear stranamente docile, in pelliccia e corazza a scaglie chiudeva la colonna. Davanti a lei, ormai sul punto di essere inghiottito dalla caverna, c'era un giovane goblin remissivo, con le orecchie verdastre che sbucavano da sotto l'elmo. Forse laggiù c'era anche uno dei Fendiforte, ipnotizzato e domato come tutti gli altri?

«Devono essere stregati» sussurrò Hugo. «Vittime di qualche sortilegio. Patty non si comporterebbe mai così. Sbudello non saprei ma, considerato il nome, mi sembra improbabile...»

«Dannati incantesssimi» sibilò Snabla. «Che cosa facciamo?»

Per qualche motivo, tutti tacquero e guardarono Zelli. Lei mandò giù uno squittio di paura e mise mano alla spada. Vide degli strani bagliori lampeggiare all'imboccatura della grotta, uno spettacolo che lasciava presagire i pericoli che avrebbero incontrato. Ma poi, guardando i compagni l'uno dopo l'altro, si sentì, per un breve istante, stranamente calma.

Insieme avevano fatto tanta strada, erano sopravvissuti alla fame e ai lupi, e ora il loro obiettivo era chiaro. «Quella grotta merita un'occhiata più approfondita» disse loro. «Dobbiamo porre fine a qualsiasi malvagità sia annidata là dentro.»

9

Zelli aveva alcuni ricordi felici legati all'accademia. Molti, in realtà. Si ricordò di quando a otto anni si trovava nel Mostraio, una foresta dove gli studenti andavano ad allenarsi nell'arte della furtività.

Solitamente il Mostraio traboccava di giovani mostri che si fingevano avventurieri per rendere gli inseguimenti più realistici. Le melme indossavano dei moci a mo' di parrucche e dei secchi come elmi, gli gnoll si legavano lunghe foglie di felce sotto il muso per assomigliare a nani, e i miconidi si attaccavano ai gambi fungini piedi finti, o persino mani al contrario. Ma infine giunse un'estate lunga e umida, e tutti i suoi compagni tornarono a casa dalle loro madri goblin o dai padri lumache mazzafrusto, lasciando i figli dei professori e dello staff a correre barbaramente da soli nei corridoi del dungeon. Zelli ricordava le risate mentre mamma Kifin le dava la caccia nel labirinto di allenamento, scuotendo il terreno con i suoi zoccoli da minotauro, e lei le gridava di rallentare e fermarsi, che non era giusto. Ma anche se Kifin rideva, non si fermava, inseguendola con l'inesorabilità che appartiene solo a un minotauro.

Ecco che cosa li distingueva. L'inesorabilità.

Con i capelli raccolti in due codini, infine Zelli aveva girato attorno a una siepe e per poco non si era scontrata con la madre, ma il minotauro l'aveva anticipata, acchiappandola e issandola sulle spalle forti e familiari.

«Ho un corno storto, mamma!» aveva strillato.

«Ssst, fammi vedere.» Kifin l'aveva messa giù e aveva raddrizzato il corno, poi aveva dato alla figlia un colpetto sul naso.

«Devi fare attenzione, piccina. Nessuno deve mai vederti senza corna o senza coda.»

«Perché sono diversa» aveva sussurrato la piccola Zelli, con gli occhi pieni di paura.

«No, sei come me e come mamma Iasme. Sei già determinata, e con il tempo crescerai alta e forte, e combatterai con il cuore di un minotauro, e sferrerai pugni con la stessa forza. Sei una di noi, figliola, e lo sarai sempre.»

«Ma...»

«Ora silenzio.»

Kifin aveva preso Zelli per mano, avvolgendola nel suo palmo, decisamente più grande. «Torniamo da Iasme. La cena sarà pronta, e lo sai come se la prende se arriviamo quando è fredda.»

"Devo essere davvero in pericolo" pensò ora Zelli, avvicinandosi alla bocca della caverna con Hugo, Snabla, Bauble e Saetta alle calcagna, "se rivedo tutta la mia vita..."

Si ricordò del suo primo giorno di scuola. Tutti i compagni della sua prima ora – Elementi di devastazione – sembrarono perdere il fiato all'unisono quando il professore annunciò che un minotauro si sarebbe unito a loro. I minotauri erano rari, e in quel momento non ce n'erano altri iscritti alla Dungeon Academy. Poi tutti si erano voltati per vedere chi fosse, e quando si accorsero di quanto era bassa, segaligna e insignificante, il loro interesse evaporò. Era stata la più grossa delusione di tutto il semestre.

"Almeno in una cosa ero la più grossa" si disse.

«Tutto bene?»

I grandi occhi di Hugo la osservavano. Zelli tornò in sé, osservando il gufo con un sorriso tirato. «Niente... Sarà davvero pericoloso. Molto, molto pericoloso. Hai paura?»

«Sì» disse lui.

«Va bene» Zelli annuì. «Anch'io.»

«Ci siamo quasi.»

E infine eccoli. Snabla sembrava il più pronto, non stava più nelle scaglie per l'impazienza. Aveva lo scudo in posizione e un pugno chiuso, in posa. Sentendo che il loro viaggio stava arrivando alla conclusione, Bauble emise un suono strozzato, quindi si trasformò in una coperta. Non era saggio mantenere la forma di un tamburello tremante e tintinnante. La grotta incombeva su di loro, dall'interno proveniva una cascata di pallidi lampi violacei, così lontani che a raggiungerli erano solo gli echi spenti di ruggiti, voci e incantesimi. Dall'ingresso della caverna proveniva un puzzo di vermi umidicci, ma i villici e i mostri ipnotizzati non sembravano farci caso.

«Sembrano dei sonnambuli» disse Zelli, chinandosi in avanti per agitare una mano di fronte a un nano dall'aria soddisfatta, che aveva abbandonato casa sua in vestaglia, dimenticandosi una pantofola e lasciando nudo uno dei suoi bitorzoluti piedi pelosi.

«Chiunque sia il responsabile, deve essere molto potente» commentò Bauble. Era tornato nella sua forma libresca, i lupi ormai erano un pericolo vago e distante, in confronto all'ignoto terrore che li attendeva dentro quel complesso di grotte.

Si fermarono un attimo per osservare la fila di villici e mostri. Zelli poteva solo immaginare che cosa pensassero gli altri, ma aveva la sensazione che condividessero la stessa paura. Le spalle esili di Snabla, che reggeva davanti a sé lo scudo, tremavano. Dietro di loro si udì uno sferragliare smorzato, e per un attimo Zelli pensò che Bauble doveva essersi trasformato ancora. Si girò: il libro era diventato uno scheletro molto convincente. Mentre continuava a fissarlo, però, lo scheletro le rivolse uno sguardo malefico, con le mascelle spalancate. Teschio, femori e falangi dell'ossuta creatura grondavano della strana sostanza viola.

«Bauble!» sorrise Zelli, stupita dalla sua bravura. «È spaventoso. Sono impressionata, non avevo idea che potessi...»

«Zelli? Z-Zelli?» La voce di Bauble non proveniva dallo scheletro di fronte a lei, ma dalla testa di Hugo. La ragazza si sentì sprofondare, mentre il cuore batteva sempre più forte. Zelli saltò indietro e guardò meglio verso l'orsogufo e vide che in testa aveva un grande cappello floscio.

«Non sono io, lo scheletro!» squittì il cappello Bauble. «Sono qui! E tremo di paura!»

«Attenti!» gridò Zelli, mulinando la spada contro quello che di sicuro *non* era Bauble.

Lo scheletro, spostandosi sulle gambe instabili, schivò il colpo, poi balzò su Hugo con le mani ad artiglio.

«Che succede? Qualcuno me lo dica!» gridò Hugo, cercando di togliersi Bauble dalla testa.

«C'è uno scheletro che ce l'ha con noi!»

Dopo il momento di esitazione nella foresta, Zelli si aspettava che Hugo annaspasse ancora, invece l'orsogufo gonfiò il petto senza cedere terreno. Si levò il cappello e atterrò la creatura scheletrica, mandandola in pezzi.

«Necromanzia» sussurrò Bauble, tornando alla sua forma di libro. «Non va bene.»

«Cos'hai sulle piume?» chiese Snabla, indicando una striatura viola sul gomito che Hugo aveva usato per colpire lo scheletro. «Non lo so» balbettò lui, accigliandosi e strappandosi le piume sporche. «Ma non la lascio certo lì.»

«Fa male?» Zelli osservò le sue piume argentate fluttuare fino a terra e posarsi sui resti dello scheletro.

«No» sospirò l'orsogufo, e si pulì il palmo della mano e gli artigli con una felce alla base della grotta. «Non è niente.»

«Dovremmo sbrigarci» disse Bauble. «Sono quasi tutti dentro la caverna, e dobbiamo scoprire chi li controlla!»

Snabla cominciò a marciare

di fianco alla fila, ma Hugo lo agguantò e lo tirò indietro. «Dobbiamo fare attenzione. Potrebbero esserci centinaia di scheletri come quello!»

«Non possiamo starcene qui con le mani in mano» rispose Bauble, seccamente. «Quegli studenti sono in pericolo!»

«E se facessimo finta?» Zelli nella sua vita non aveva fatto altro, ormai se la cavava abbastanza bene. Ripensò agli inseguimenti con la madre; in qualche modo, quella non sembrava una recita. Si sentiva davvero un minotauro, parte di qualcosa. Di una famiglia. «Potremmo unirci alla fila, e fingere di essere ipnotizzati come gli altri.»

Si girarono a consultare Bauble, che sembrava saperla sempre più di tutti.

«È il miglior piano che abbiamo» ammise il libro. «Hugo, prendimi. Comportatevi come i villici. Io terrò d'occhio la situazione dalla sacca.»

«Snabla dice di caricare! Snabla combatterà diecimila ssscheletri!»

«Dimentica gli scheletri» gli disse Zelli, unendosi alla fila e assumendo un'espressione vacua e sognante. Hugo fece lo stesso. Da fuori Zelli sembrava calma, ma dentro di sé i suoi pensieri erano un groviglio inestricabile, come il suo stomaco. Stava per rischiare la vita, e le vite degli altri, solo per trovare e conoscere la sua vera madre. Ne valeva davvero la pena?

E se sua madre fosse già passata oltre? O, peggio ancora, se anche lei fosse caduta vittima del sortilegio, e loro avessero dovuto salvarla? Come avrebbe spiegato ai suoi amici che dovevano soccorrere una disgustosa *umana*?

Cercò di non far trapelare il terrore sul proprio viso. «Ci vorrà tutto il nostro coraggio per combattere un necromante. Avrai la tua occasione, Snabla. Ce l'avremo tutti.»

10

Il piano funzionò, e Zelli si congratulò silenziosamente con se stessa per essere riuscita almeno a portarli sani e salvi dentro la caverna, e non era cosa da poco considerati gli scheletri che facevano la guardia. Pur tenendo gli occhi fissi davanti a sé, notò che alcuni di loro dovevano essere degli avventurieri andati incontro a un brutto destino. Indossavano abiti logori da viaggiatori e bisacce con funi, i teschi spaccati da brutte cadute. Capiva anche il perché: la grotta sembrava un alveare, una rete di ponti sottili collegati tra loro, un terreno insidioso e precario da esplorare, persino per i più esperti.

Hugo, con i suoi piedi grossi e goffi, scivolò giù dal primo ponte insieme a una cascata di pietrisco che svanì nelle profondità sottostanti, ma Zelli fu svelta a tendergli la mano e ad aiutarlo a risalire. «È come il sentiero che conduce alle aule sotterranee» mormorò Zelli a fior di labbra. «Tira dritto e non guardare giù.»

Ma poi Zelli non badò al suo stesso consiglio, e lanciò un'occhiata al temibile precipizio che la attendeva a destra quanto a sinistra. Lungo il cammino ardevano delle torce, rette dagli scheletri o fissate ad antichi candelieri arrugginiti. Il puzzo di umido era coperto dal fetore dell'ignoto combustibile che teneva accese le torce, mentre di tanto in tanto esplosioni violette si innalzavano da sotto i loro piedi. Dal soffitto pendeva un reticolo di filamenti scintillanti. Gli angoli della caverna erano ricolmi di quelle che assomigliavano a uova di ragno.

Il mormorio proveniente da tutte le direzioni e da nessuna in particolare le rivelarono che in quelle caverne non erano presenti solo scheletri e necromanti. Zelli si chiese quanti di quegli avventurieri morti si fossero imbattuti in una fine appiccicosa e bozzolosa.

I ponti della grotta si perdevano in corridoi bui, mentre il loro cammino li portava sempre più in basso. La temperatura calò precipitosa-

mente. Dopo un po', Zelli si accorse che non c'erano più scheletri sentinella, ormai concentrati all'imboccatura della grotta, senza dubbio per impedire che gente come lei accorresse in aiuto di mostri e villici.

Azzardò un rapido sguardo tutto intorno, scoprendo che nessuno li teneva più d'occhio. Almeno, gli scheletri non li sorvegliavano più.

«Ehi» sussurrò. «Ehi!»

Hugo rallentò, poi prese Snabla per la spalla. Saetta e Bauble scrutarono fuori dalla bisaccia di Hugo. Il cucciolo dimenava la coda e la lingua con gioia anarchica.

«Guardate» sussurrò Zelli, indicando una biforcazione poco più avanti. «Gli scheletri sono tutti alle nostre spalle, e credo ci sia un modo più veloce per scendere.»

I villici e i mostri proseguivano a rilento, ma se lei e i suoi amici fossero arrivati per ultimi, forse sarebbe stato troppo tardi per fermare l'ignota minaccia che stava crescendo nel buio. Zelli, con cautela, aggirò Hugo e Snabla, scegliendo deliberatamente di non guardare in basso, poi sfrecciò a sinistra, spiccando un breve salto verso un'angusta sporgenza rocciosa che si inabissava correndo parallelamente al ponte, per poi proseguire direttamente sotto.

«Attento, Hugo» disse. «Non so quanto siano resistenti queste rocce.»

Snabla si lanciò spericolatamente al di sopra dell'abisso, atterrando dietro di lei. Il cane intermittente si teletrasportò oltre la spaccatura, sulla schiena di Zelli. Osservarono Hugo dondolare le braccia avanti e indietro per una dozzina di volte, cercando di darsi slancio e coraggio. Zelli e Snabla arretrarono, mentre lui sbuffava e saltava, con una fugace espressione di vittoria sul volto spazzata via dall'inconfondibile suono della roccia che si sgretolava sotto il suo peso.

«Presto! Scivoliamo!» Zelli agguantò Saetta e se la strinse al petto, gettandosi alla cieca lungo il ripido pendio di roccia liscia che la condusse lungo una curva a destra, poi attraverso un sottile e disgustoso intrico di ragnatele e infine a un morbido atterraggio su un mucchio di uova calde e pulsanti.

Zelli si alzò giusto in tempo per sentire Snabla, Hugo e Bauble piombarle addosso. Ruzzolarono, intrecciati, con Saetta che svanì alla bisogna per

ricomparire sulla testa di Hugo, come una ciliegina sulla torta.

Districatasi dagli altri, Zelli si alzò e si ripulì delle ragnatele e del fango che la impiastricciavano.

«Non infastidite le uova» disse Bauble da dentro la sacca di Hugo, con voce spaventata e soffocata. «Se ho ragione, quella è una nidiata di ragni spada. Meglio non averci nulla a che fare. Lo dice il nome stesso. Saranno pure pelosi e morbidi, ma le creste affilate che hanno sulle zampe sono letali, e anche il loro morso è velenoso! Una goccia di veleno basterebbe per ucciderci tutti.»

«Pericolossso!» Snabla cacciò fuori la lingua e si allontanò in tutta fretta dal grappolo più vicino di uova viscide.

Zelli sentì un brivido correrle lungo la schiena, e si affrettò verso il ciglio della piattaforma, cercando disperatamente un modo di proseguire. «Sembra che ci sia una corda per attraversare il burrone» disse, scrutando nell'oscurità, ormai lontani dagli scheletri e dalle torce. «Laggiù. Vedo una fune dall'altro lato, ma è troppo lontana per poterla raggiungere.»

«Non puoi trasformarti in un ponte?» chiese Hugo a Bauble.

Il libro sospirò. «Sì, ma non così grande! Ho solo dodici anni!»

Ma ecco che Saetta si stiracchiò sulla testa di Hugo ed emise un piccolo, curioso guaito prima di svanire nel nulla. Ricomparve dall'altra parte, scodinzolando e fissandoli, con la testa reclinata di lato.

«Sì!» esultò Zelli a mezza voce. «Brava ragazza! Prendi la fune e lanciala da questa parte!»

Fece il gesto di prendere la fune con le mani e di lanciarla, poi fece lo stesso mettendo anche la gamba intorno alla fune.

Hugo e Snabla la imitarono, gesticolando e sussurrando freneticamente mentre il cane si limitava a dimenare la coda più in fretta.

«Pensa che sia divertente» sospirò Hugo.

«Non ha tutti i torti» rispose Zelli.

Finalmente la cagnolina sembrò accorgersi del capo logoro della corda che dondolava a pochi centimetri dal suo muso. Con entusiasmo lo addentò, poi cominciò a strattonarlo e a ringhiare, come se fosse un gioco.

«Ottimo» borbottò Hugo. «E ora?»

«Dalle un momento» disse Bauble, sporgendosi dalla bisaccia.

«Non ce l'abbiamo un momento» ricordò Hugo. «È in gioco il destino dei nostri compagni; chi lo sa quali sono le intenzioni dei necromanti!»

In quel momento Saetta lanciò la corda dalla parte opposta, non con grande forza, ma abbastanza da permettere a Zelli di afferrarla, sul bordo del precipizio, a un passo da una caduta fatale. Hugo e Snabla furono svelti a prenderla per le caviglie, salvandola da morte certa.

«Grazie» disse, tirando un sospiro di sollievo. Poi si avvinghiò alla corda e si preparò a saltare. «Ciò che conta è arrivare in fondo.»

Uno a uno, o in due, nel caso di Hugo e Bauble, si lanciarono al di là del precipizio, raggruppandosi sul lato opposto. La cengia si allungava verso un altro ponte angusto, conducendoli di nuovo molto più in basso, dove le pareti e il terreno erano viscidi per l'umidità. Ragnatele e uova erano sempre meno, man mano che il freddo aumentava. Le tracce di avventurieri non mancavano. Snabla corse in avanti per disarmare una trappola rudimentale, probabilmente piazzata lì per difendersi dai ragni.

«Ah!» rise Bauble, mentre il coboldo armeggiava con la vecchia trappola. «Assomiglia al mio apparecchio per i denti.»

«Che ssschifo!» disse il coboldo.

Trovarono anche le tracce di un vecchio accampamento e un giaciglio in pezzi. Vicino al fuoco spento c'era una manciata di monete insanguinate sparse a terra.

Non ci badarono più di tanto; si erano calati abbastanza in profondità per scoprire dov'era diretta la lunga sequela di mostri e avventurieri. Una vivida luce viola splendeva sul fondo del precipizio di fronte a loro. Si ammassarono sul ciglio, con Saetta che era rientrata nella borsa di Hugo insieme a Bauble, approfittandone per dare una leccatina al libro di tanto in tanto. «Smettila!» protestava quello. «Mi farai arricciare le pagine!»

Il ponte con i villici si spiegava come una pigra spirale fino al fondo della caverna. Laggiù, il buio e l'oscurità erano scacciati dal bagliore di un enorme portale dalla superficie ovale simile a uno specchio, anche se del colore viola acceso dei petali di aconito. Un manipolo di scheletri stava di guardia, con i teschi inespressivi come i volti di coloro che erano costretti a entrare nel portale.

Uno dopo l'altro, i villici sparivano nel portale magico, addentrandosi nell'ignoto. Al passaggio, ogni corpo emetteva uno strano suono attutito, che ricordava il ronzio di un'ape.

«Dove vanno?» esclamò Hugo, coprendosi il becco con entrambe le zampe.

«Hai sentito?» chiese

Zelli, ignorandolo, perché non conosceva la risposta né aveva voglia di immaginarla. «Sembra... sembra...»

«Una battaglia! Potrebbero essere i nostri compagni! Finalmente!» Snabla si lanciò in avanti, portandosi nel punto più vicino al portale sottostante. Gli altri lo seguirono, passando sotto lo stretto ponte dove mostri e villici si trascinavano. Quando raggiunsero i resti di un altro accampamento, il clamore divenne più alto. Due voci. Due contendenti impegnati in uno scontro.

«Non sono come noi. Quella è un'umana!» sussurrò Hugo, emozionato.

«E c'è un necromante» aggiunse Bauble, molto meno entusiasta.

Avevano ragione entrambi. Sotto, a un tiro di pietra da dove il portale luccicava e ronzava, una figura alta e scarna, avvolta in un mantello decorato di rune, impugnava un bastone, da cui emanò una scarica di pallida luce verde. L'umana che aveva di fronte la schivò gettandosi a terra, stringendo una poderosa spada a due mani, con la cappa che garriva intorno a lei mentre uno scheletro le si tuffava contro e veniva ridotto in polvere dalla forza della sua arma.

«Non è solo un'umana» sussurrò Zelli, tirando fuori la pagina strappata del manuale sugli avventurieri. «È una Fendiforte.»

11

Tutt'a un tratto, Zelli sentì il peso dello sguardo di Hugo su di sé. Chiuse gli occhi per non vedere né i suoi amici né il combattimento che infuriava più in basso. Aveva notato che il necromante stava rianimando un nutrito gruppo di scheletri e che li scagliava contro Allidora Fendiforte, e sapeva che entro poco tempo la donna, l'umana che era sangue del suo sangue, sarebbe stata sopraffatta. Ogni volta che la spada della madre echeggiava contro le ossa dei nemici, Zelli trasaliva. Come se lei stessa fosse divenuta fragile e sensibile al tatto.

Era per questo che era arrivata fin lì, il motivo per cui era fuggita dall'accademia e dalle sue madri. Ma ora, giunta al momento cruciale, percepiva solo terrore. I suoi piedi sembravano inchiodati alla pietra.

Poi avvertì la presenza imponente e rassicurante di Hugo al suo fianco. Aveva lasciato Saetta e Bauble in compagnia di Snabla, ipnotizzati dallo spettacolo sotto i loro occhi.

«Ora è tutto vero» mormorò Zelli, con voce roca. «Quella è un'avventuriera, colei che per tutto questo tempo ci siamo addestrati a odiare e combattere. Non posso farvi andare laggiù. Potrebbe risparmiare me e io potrei aiutare lei, ma se vi vedesse...»

«Sai che non possiamo lasciarti sola» rispose Hugo. La sua voce gentile creava uno strano contrappunto alle grida che provenivano dal basso.

«Ma così deve essere.» Zelli si voltò a guardarlo, mettendogli la mano sulla spalla e rivolgendogli un mezzo sorriso. «Proteggi gli altri. La aiuterò io.»

«Zelli...»

Ma la ragazza era già tornata alla cengia, prendendo fiato per le parole che stava per dire. «Snabla? Bauble? Saetta?»

All'inizio non la udirono, così ripeté i loro nomi più forte. Snabla fu il primo a girarsi, e la derise. «Cos'è quella faccia? Sssembra che hai visto un fantasssma.»

«Che c'è, Zelli?» chiese Bauble.

«Devo scendere laggiù» disse Zelli, e sollevò

la mano in fretta, prima che qualcuno, Hugo incluso, potesse interromperla.

Ma Snabla e Bauble la ignorarono, esprimendo con forza le loro convinzioni.

«Follia» sbottò Snabla.

«Il *Manuale dello studente* della Dungeon Academy afferma *chiaramente* che interferire con gli avventurieri in campo aperto è strettamente proibito, a meno di un'esplicita indicazione dei docenti. Sezione 5, paragrafo 6, sottoparagrafo B. Potrebbero sospenderti! Per sempre!» aggiunse Bauble, sgranando gli occhi con accademico terrore.

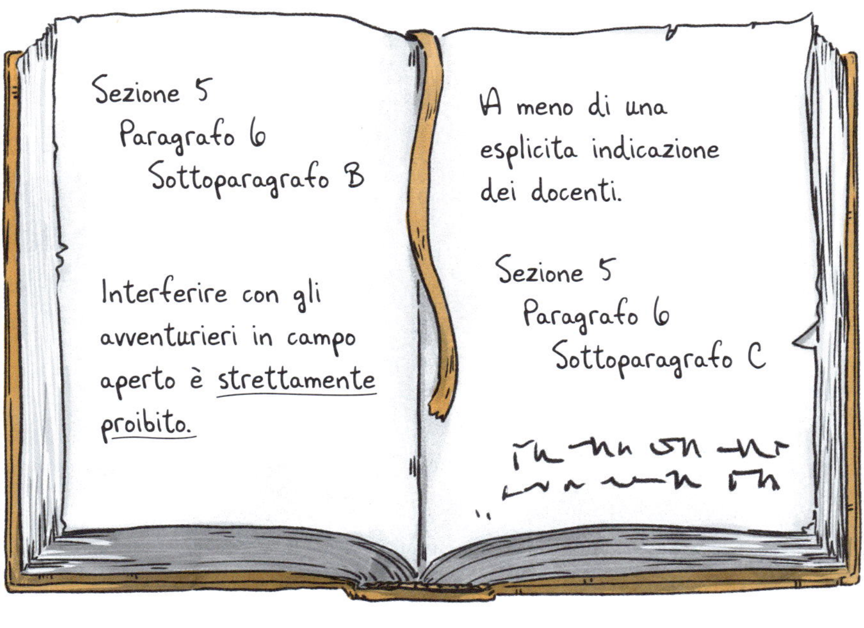

Il coboldo annuì con vigore a ogni parola. «Come dice il libro!»

«Non importa. Aiuterò quell'umana. Sì, anche se è un'avventuriera, non importa cosa dice il manuale. C'è qualcosa che dovete sapere...» Non si aspettava che sarebbe stato così doloroso. Un conto era lasciarsi tutti alle spalle; un altro aver tradito la loro fiducia per tutto quel tempo, e usare quel tradimento per scacciarli. Tremando, Zelli alzò le braccia e si strappò le corna in un gesto disperato.

Non li guardò subito negli occhi, impaurita da quello che avrebbe potuto vedere. «Non sono un minotauro; non lo sono mai stata. Sono stata abbandonata alla nascita, mia madre mi ha trovata e mi ha allevata come una creatura dei dungeon. L'umana laggiù... è lei la mia vera madre, Allidora Fendiforte. Sono venuta fin qui in cerca di risposte, per trovarla, e ora la aiuterò a sconfiggere il necromante.» Zelli trasse un altro respiro, nervosa, e continuò a parlare, con i pugni stretti lungo i fianchi. «Non potete fidarvi di me. Non potete fidarvi di nessun avventuriero né di un umano. Siamo nemici giurati. Tornate indietro. Tornate all'accademia, per favore. Odiatemi pure, ma tornate indietro. Devo farlo da sola, come un'umana.»

Il labbro inferiore di Snabla tremolò. «Ma abbiamo fatto tutta questa ssstrada...»

«Tornate indietro!» gridò Zelli. «Sono un'umana. Voi mi odiate. Incarno tutto ciò che dovreste combattere, terrorizzare e uccidere. Via di qua!» Poi arretrò e ruggì, il ruggito più gutturale e feroce che avesse mai fatto, direttamente dalle sue viscere, sapendo che se non li avesse allontanati, ci avrebbero rimesso la vita.

I mostri fecero un balzo indietro, spaventati, ma nessuno fuggì.

«Zelli» disse Bauble dolcemente. «Lo sappiamo. Lo sappiamo da un po'.»

«Sssnabla è piccolo, ma non ssstupido» aggiunse il coboldo. Rise e poi fece un gesto con la mano verso Zelli. «Sssappiamo che sei una fetida umana, ma potresti essere di peggio. Sssnabla combatterà con te; tutti combatteremo con te. Ci hai portati fin qui, non ce ne andremo ora.»

Zelli si accigliò, guardandoli tutti. «Davvero non vi importa?»

«Vai ad aiutare l'avventuriera, fintanto che aiuti anche i nostri compagni» rispose Bauble, mentre Hugo si rimetteva il libro e Saetta sulle spalle. Zelli non sapeva che un libro potesse apparire determinato, ma in quel momento Bauble lo era eccome. «Ti copriamo noi, Zelli.» E, per essere più esplicito, il libro divenne una cappa. «Magari, ecco, puoi dirle di non ammazzarci?»

«Ammirateci tutti! Sssalviamo un'avventuriera e diventiamo gli ssstudenti più popolari della ssscuola!» sibilò Snabla.

«Meglio sbrigarsi» disse Hugo, indicando la battaglia in corso, «o finiremo per non poterle dire più niente.»

L'orsogufo aveva ragione. Il necromante e i suoi scagnozzi avevano messo Allidora Fendiforte all'angolo. Cinque scheletri guerrieri si lanciarono contro di lei, sopraffacendola e sbattendola a terra. Il necromante scivolò verso di lei. L'orlo del lungo mantello fluttuava poco sopra il suolo, mentre sotto di lui si coagulava una nebbia ghiacciata. Alzò il suo bastone e un orribile bagliore verde baluginò in cima. Allidora perse la presa sulla spada, calpestata da una torma di piedi ossuti.

«Lasciali andare, fellone!» gridò l'avventuriera, nonostante fosse sommersa dagli scheletri. «Non sarò l'ultima! Altri verranno, altri vi affronteranno. Queste terre non si piegheranno mai a una simile malvagità!»

«Taci!» tuonò il necromante. «Questi sono miei servi, ormai. Presto ogni villaggio e ogni città da qui al Mare splendente verrà travolto. Io comando armate; il mio padrone comanda legioni! Nessuno qui ha il potere di fermarlo. Ogni anima che catturiamo entra a far parte del suo esercito, e quando torneremo in forze, non avrete alcuna possibilità contro le nostre legioni. Verrete sconfitti dai vostri alleati, dalla vostra gente, tutti al comando del mio signore.»

«Se è vero, dobbiamo chiudere in fretta il portale» trasalì Bauble. «Non possiamo permette che Patty e Sbudello cadano sotto il controllo di un necromante!»

«È una prospettiva o-orribile!» balbettò Hugo.

«Adesso, allora!» tuonò Zelli. «Con me!»

Hugo raddrizzò le spalle, anche se il piumaggio rimase arruffato per la paura. Il coboldo, che non arrivava al ginocchio dell'orsogufo, sollevò lo scudo, pronto a caricare; Saetta emise un latrato cupo dalla borsa di Hugo; e persino Bauble riuscì a emettere un coraggioso grido di guerra.

Zelli non sapeva che cosa provare. Stava per andare alla carica insieme ai suoi amici, i suoi amici mostri, per salvare la sua mamma avventuriera umana. "Non ha senso" pensò. Ma tanto, la sua vita non ne aveva mai avuto. Era tutto confuso, nel suo cuore, il suo passato, il suo futuro... tuttavia sapeva che dovevano fermare il necromante, e che né i mostri né gli avventurieri avevano nulla a che fare con quel tipo di malvagità. Magari tra i Fendiforte e i suoi amici mostri l'alleanza sarebbe stata momentanea, ma in quel momento aveva degli alleati, e non avrebbe combattuto da sola.

Per tutta la sua vita, le sue madri l'avevano preparata per questo momento: non sarebbe arretrata, avrebbe affrontato ogni pericolo a testa alta. Cercò di sentirsi come loro, alte tre metri, rivestite di ferro, con corna e zoccoli che potevano calpestare e dilaniare. A che cosa assomigliava davvero non lo sapeva, ma nel suo cuore si sentiva proprio come la degna figlia minotauro delle sue madri adottive.

Zelli corse lungo il pendio ripido e scivoloso, lasciandosi andare fino sul fondo della caverna. Per poco non inciampò, poi sollevò la spada sulla testa, diretta verso la sua prima vera battaglia.

La spada cozzò con lo scheletro più vicino, e l'impatto non la colpì come un umano, ma come un minotauro. Mulinando la spada, gettando il suo peso tutt'intorno, si sentiva forte, possente e invincibile, proprio come le avevano insegnato.

L'elemento sorpresa era dalla loro parte: Zelli travolse con facilità i guerrieri risvegliati dal necromante, mentre Snabla atterrava con il suo scudo chiunque le si avvicinasse troppo.

«Il mio ssscudo è *impalabile*!» gridò Snabla, colpendo la gamba di uno scheletro.

«*Impenetrabile*, idiota!» lo corresse Bauble, nonostante l'infuriare della battaglia.

Zelli scorse il necromante. Si guardarono negli occhi. Un freddo sussurro di morte si impadronì di lei, mentre lo fissava. Il volto malaticcio e scavato, gli strani segni incisi sulla testa...

Alle spalle di Zelli e dei compagni, il terreno tremò e sussultò, e tutti gli scheletri che avevano appena annientato si rimisero in piedi, rispondendo a un cenno del necromante.

Erano circondati.

Hugo e Snabla le coprivano i fianchi, e la borsa sulle spalle del gufo tremava visibilmente.

«Oh, miseri sciocchi» sghignazzò il necromante. «Vi ho sentiti, con il vostro tamburello, i vostri passi maldestri, i vostri sciocchi ideali. È troppo tardi perché possiate essermi utili. Svuoteremo i villaggi ignari, sonnacchiosi e indifesi, e poi verremo nelle vostre accademie, e trasformeremo voi creature in nostri soldati. Tutti, fino all'ultima melma, drago e gnoll!»

«Lasciali in pace, Lord Fetor!» Allidora aveva raccolto le forze e si era messa in ginocchio. Zelli la fissò, meravigliata, impaurita, osservando un volto che proprio come il suo combatteva il dolore, senza arrendersi.

Sua madre era alta e imponente, persino nella sconfitta, persino priva della sua spada. Rovistando nella cintura,

Zelli strinse la mano intorno al distintivo dei Fendiforte e si disse di non avere paura.

«Affronta me! Sono io il tuo pari.»

«No» gridò Zelli, asciugandosi il sudore della fronte e puntando la spada verso Lord Fetor. «Combatteremo insieme. Lascia andare i nostri compagni! Lasciali andare TUTTI! Non te li lasceremo prendere!»

L'altra umana, Allidora, sembrava distratta da Zelli. Nei suoi occhi brillava una scintilla di riconoscimento, di panico. Forse l'umana più grande aveva capito che stava osservando la sua copia.

Zelli non ebbe il tempo di rifletterci, perché Bauble all'improvviso gridò: «Ho un'idea! Lanciami, presto!» e si trasformò in una pallina rossa.

Hugo si accigliò. «Ma che diamine...»

«Non discutere. Lanciami contro uno scheletro, Hugo!»

L'orsogufo fece come gli era stato detto, e l'idea geniale dietro il piano di Bauble divenne subito chiaro. Non appena Hugo gettò la palla rossa verso lo scheletro più vicino ad Allidora Fendiforte, Saetta guaì di gioia.

Poi saltò fuori dalla sacca per riapparire, un istante dopo, nella gabbia toracica dello scheletro.

Cercava di afferrare la palla, ma invece finì per farlo esplodere in mille frammenti ossei. Bauble rimbalzò via prima che il cucciolo potesse afferrarla, atterrando sulla testa di un altro nemico. *Pop-pop-pop!*

Il cane intermittente svanì e ricomparve prima da un nemico, poi da un altro, inseguendo la palla Bauble fino a sgombrare lo spazio intorno ad Allidora.

Lord Fetor snudò i denti, brandì il bastone e li investì con un'ondata di calore generata da fiamme torreggianti che si innalzavano dal suolo e lo proteggevano dai loro colpi.

Bruciacchiata, la palla Bauble arretrò dalla muraglia di fuoco, seguita subito da Saetta. Presto i due corsero a nascondersi nella sacca di Hugo e Bauble, ancora fumante, tornò a essere un libro. Avevano annientato molti scheletri, ma ora c'era un intero inferno da affrontare.

«Bauble!» gridò Hugo. «È stato incredibile!»

«Lo so. Abbiamo disturbato la sua concentrazione! Il tizio non può alimentare il portale mentre genera quel fuoco» squittì Bauble. «Magia 101. Da quello che ho letto, i necromanti sono molto più deboli quando la loro concentrazione è disturbata. Perdono la capacità di controllare i loro scagnozzi o di sostenere incantesimi complessi, quindi...»

«Colpiamolo ora!» disse Zelli, correndo in avanti. Era la loro opportunità migliore, anche se significava dover affrontare il calore delle fiamme.

Bauble aveva ragione. Il portale, dal lato opposto del ponte, tremolò, lampeggiò e si spense. Una giovane halfling con una bambola tra le mani si fermò, confusa, poi rimase in attesa, ancora sotto l'effetto dell'incantesimo ma, almeno per ora, salva.

Zelli si aprì la strada verso la madre, che si era rimessa in piedi, aveva riafferrato la spada e per un breve istante riprese fiato, mentre gli altri scheletri correvano verso il portale spento. Quando Zelli si avvicinò, nello sguardo della donna vide che l'aveva riconosciuta. Da vicino, la loro somiglianza era così ovvia, così evidente, che Zelli quasi singhiozzò per lo shock.

Se ne accorse anche Allidora Fendiforte, che restò a fissarla mentre un rivolo di sangue le scendeva lungo la fronte. «Ma tu... assomigli a...»

«Non c'è tempo» le disse Zelli, voltandosi con le guance in fiamme. «Dobbiamo trovare un modo per oltrepassare quel fuoco!»

Snabla, Hugo e Bauble si unirono a loro, tra le ossa sparse a terra, mentre Saetta continuava a lampeggiare da una parte all'altra, a quanto pareva troppo divertita per fermarsi. La cagnolina, tuttavia, non poteva fare nulla contro il fuoco che li separava dal necromante. Anche se fosse riuscita a passare dall'altro lato, pensò Zelli, una cucciola non poteva nulla contro uno stregone così potente. Lord Fetor mormorò qualcosa tra sé e sé e il portale ricominciò a materializzarsi. Non c'era più tempo per discutere o esitare.

«Un coboldo degno sssa quando è giunto il suo momento» disse improvvisamente Snabla, afferrando il suo scudo sgangherato e tenendolo dritto davanti al petto. Per Snabla era come reggere un radioso scudo d'oro, una reliquia eterna e inestimabile, l'arma di innumerevoli eroi del passato. Avrebbe potuto essere di metallo, ricoperto di gioielli, aver assistito a mille battaglie, essere fatto della sostanza dei sogni. Non era niente di tutto ciò, ma Snabla non lo sapeva o comunque non gli importava; ai suoi occhi esisteva solo il bagliore delle leggende e della gloria.

«Seguitemi!» gridò il coboldo, già in marcia verso le fiamme, portato dalle sue zampette intrepide. «Nel fuoco!»

12

«Snabla! Snabla!» gridarono Zelli, Hugo e Bauble all'unisono. Saetta sparì, si materializzò nell'aria al di là delle fiamme e, atterrando, distrusse un altro scheletro.

«Il tuo scudo non reggerà!» gridò Zelli, cercando di raggiungere il coboldo prima che si immolasse tra le fiamme.

Hugo corse più veloce che poté, mentre la caverna echeggiava dei suoi passi pesanti. «È troppo fragile, Snabla, aspetta! Le fiamme consumeranno il legno!»

Anche Bauble gridò qualcosa, ma Zelli non lo udì, impegnata com'era a gridare a sua volta. Dietro di lei, Allidora Fendiforte proteggeva il suo fianco, colpendo due scheletri alla volta, un affondo dopo l'altro, apparentemente instancabile. Era difficile per Zelli credere che stesse davvero combattendo spalla a spalla con una leggendaria avventuriera umana, oltre che sua parente. Sembravano colpire con la stessa tecnica, e gridare con la stessa ferocia.

«Che sta facendo quella nullità?» gridò Allidora a Zelli. «Si farà ammazzare!»

Zelli non riusciva a credere che un'umana fosse preoccupata per un coboldo, ma forse la sua famiglia nutriva strane simpatie. O forse Allidora aveva capito che quei ragazzini sventati erano

la sua unica possibilità di sconfiggere il necromante, quale che fosse il motivo, quindi, almeno per il momento, stava dalla loro parte. Si voltarono entrambe per inseguire Snabla.

Le fiamme avevano cancellato il gelo della caverna. Zelli sentiva le gote ardere, mentre gocce di sudore le imperlavano la fronte e lei tentava di fermare Snabla prima che fosse troppo tardi. Ma il coboldo non voleva essere fermato, e marciò verso il fuoco senza esitare.

«Aspetta, Snabla! Aspetta!» Finalmente la voce di Bauble emerse al di sopra del frastuono, proprio mentre raggiungevano la muraglia di fuoco. Il libro si trasformò in uno spegnimoccolo, poi in una boccetta d'acqua e infine, con un sospiro tremolante, in un volume sugli incendi boschivi. Nessuno di quegli oggetti, ovviamente, servì a qualcosa. Al di là delle fiamme che divampavano, il potere del necromante si consolidava, e il portale era ormai quasi completamente ristabilito.

«Sì!» strillò Lord Fetor, con una voce simile a una lama che grattava sul ghiaccio. «Sì! Gettatevi nel fuoco! Ceneri! Tizzoni! Brucerete! Sciocchi. Non verrò sconfitto da un branco di bambocci! Non io, che ho viaggiato attraverso il Nether, non io, signore degli abissi e dei luoghi oscuri, padrone dei non morti, evocatore senza eguali!»

«Il portale!» gridò Allidora quando il necromante finalmente tacque. «Non possiamo permettergli di evocare il portale!»

«Lo sappiamo!» risposero Zelli, Bauble e Hugo all'unisono.

«Snabla!» La voce di Hugo si alzò al di sopra di ogni cosa appena lo scudo del coboldo venne lambito dal primo bacio delle fiamme. Il legno consunto e scheggiato si annerì subito, e fumo nero riempì l'aria. Ma era troppo tardi. Calò un terribile silenzio, un sussulto prima che il terribile destino venisse rivelato. Poi, in quella immobilità, Zelli udì Bauble sussurrare ciò che stava cercando

di dire da un bel po', solo che stavolta lo disse al colmo della meraviglia.

«Lo scudo!» gridò mentre Snabla miracolosamente avanzava, illeso, attraverso il muro di fiamme, aprendo un sentiero per sé e lasciando la via aperta per i suoi compagni. Davanti ai loro occhi, lo scudo scintillava e si ingrandiva, il legno diventava acciaio, l'acciaio diventava oro, e apparvero un centinaio di scaglie di drago in filigrana. «Tra le minacce che divampano, la fiamma svela le vere scaglie di un drago!»

«Degno!» Snabla alzò lo scudo sulla testa, le fiamme che si riflettevano sui bordi dorati con bagliori accecanti. «Sssnabla è degno! Il padre sapeva! Lo sapeva che era degno! Degno del grande Sssneef Senzafine!»

«Taci!» Lord Fetor si rivolse al coboldo, puntandogli contro il bastone. Il suo incantesimo era stato interrotto e il portale svanì di nuovo, ma la pesante arma di legno colpì lo scudo, mandando Snabla al tappeto. Stordito, il coboldo cercò di rialzarsi, ma fu circondato dagli scheletri.

Zelli, Hugo e Bauble accorsero a difendere l'amico, formando una barriera tra lui e gli scagnozzi non morti.

«Arriviamo, Snabla!» gridò Bauble. «Mi trasformerò in… in…»

Il libro emise un suono strozzato di frustrazione, senza riuscire a fare di meglio che mutare in un bendaggio logoro.

«Non importa ciò che sei» gli ricordò Hugo mentre correvano. «Snabla ha bisogno di noi.»

Allidora Fendiforte colse l'occasione per prendere di mira il necromante e si preparò a colpire, caricando la spada sulla spalla prima di brandirla con un grido roco, bruciando le sue ultime energie con un colpo di terribile forza.

Ma Lord Fetor la anticipò, estrasse una fialetta nera e la bevve in un sorso prima di gettarla via, mandandola in frantumi contro i piedi di uno scheletro. Sollevò di nuovo il bastone, mentre la sua forza aumentava e quella di Fendiforte svaniva. Il necromante schioccò le dita e la guerriera si bloccò, con la spada sospesa a mezz'aria, avvolta in una foschia verdognola. Dopodiché il necromante si accasciò, indebolito e ansante.

Zelli corse dalla donna. La magia l'aveva uccisa? O l'aveva solo fermata? Zelli cercò di scorgere un segno di vita, senza riuscirci. In quel modo, la guerriera non gli sarebbe stata di nessun aiuto. Cercò di immaginare che cosa avrebbe fatto Allidora Fendiforte al posto suo. Lo diceva il nome stesso, no? Zelli tirò indietro le spalle e cercò di non pensare di aver già perso la madre; invece, afferrò la spada della donna e cercò di liberarla. Tirò, strattonò, ma la magia era troppo forte.

"Forse non era destino che portassi la sua arma!" si disse. Ma anche senza quella spada, non potevano arrendersi.

«È la nostra occasione» esclamò Zelli, volgendo le spalle ad Allidora con un groppo in gola e aiutando Snabla a rialzarsi. «Fetor non dovrebbe avere più la forza per lanciare altri incantesimi! Ricordi che cosa ci ha detto Bauble? Spezziamo la sua concentrazione e impediamogli di lanciare incantesimi.»

«Ti sbagli...» annaspò il necromante, appoggiandosi pesantemente al bastone mentre Hugo guidava l'assalto. «Ho un'ultima carta da giocare.»

Con orrore, Zelli vide Lord Fetor puntare il bastone contro l'orsogufo, che si fermò di colpo, paralizzato come Allidora. Ma non rimase immobile. La minuscola, quasi invisibile macchiolina viola sul suo gomito si illuminò come un marchio e i suoi occhi si rimpicciolirono, improvvisamente colmi di rabbia.

Zelli si era completamente dimenticata del colpo che Hugo aveva inferto allo scheletro fuori dalla caverna, e della vischiosità livida che aveva inutilmente tentato di togliersi di dosso. Non poteva immaginare che persino quella ridicola quantità di melma stregata bastasse per conferire al necromante un potere sul suo amico.

Hugo spalancò il becco e si lanciò su di loro con gli artigli sguainati, scavando un lungo graffio nel possente scudo di Snabla. I suoi occhi lampeggiarono di viola e i suoi artigli si allungarono, scintillando come pugnali ultraterreni.

«Hugo! Svegliati! Siamo noi!» gli gridò Zelli, ma l'orsogufo era perduto. Qualcosa, qualcun altro. Saetta si lanciò sulla testa di Hugo, ma fu agguantata dai suoi artigli ursini e scagliata via.

La cagnolina svanì prima di urtare la parete, ma Zelli non la vide riapparire. Snabla cercò di respingere i colpi di Hugo, ma l'orsogufo era troppo spaventoso, troppo forte.

I suoi artigli luminescenti si abbatterono più e più volte contro lo scudo e, pur facendo del suo meglio, Snabla era solo un giovane coboldo che gli arrivava al ginocchio. Non poteva competere con una forza e una furia così inesorabili.

«Il mio sortilegio vince!» gioì Lord Fetor. Ma poi, tossendo e aggrappandosi al bastone fu costretto a ritirarsi là, dove la fila di mostri e villici lo attendeva.

«Gli incantesimi gli stanno costando tutte le sue energie» strillò il libro Bauble, sballottato come una bambola di pezza sulla schiena di Hugo. «La sua... la sua forza vitale... deve usare la sua forza vitale per respingerci! Non possiamo arrenderci! Magia...» gemette, sul punto di cadere dalla borsa. «Magia 101!»

Zelli scoprì che era difficile combattere contro quello che una volta era il suo gentile amico. Non poteva credere di essere giunta a questo, ad affrontare lo studente più educato di tutta l'accademia. La gentilezza era stata prosciugata dai suoi occhi, la gentilezza che l'aveva portato a cucinare per loro, a istruirli, a sostenerla anche dopo aver saputo del suo segreto. Odiava dover sollevare la spada contro di lui, ma doveva proteggere gli altri. Non era più il loro amico. Il vero Hugo non c'era più.

Gli scheletri di Lord Fetor attaccarono, schierandosi al fianco di Hugo. «Ora verrete fatti a pezzi dal vostro stesso alleato!»

«Bauble! Trasformati in qualcosa!» gridò Zelli. «Qualsiasi cosa! Basta con i consigli!»

Finalmente il libro si gettò fuori dalla sacca e, toccato terra, si mise a strisciare in tondo prima di allungarsi e assottigliarsi prendendo la forma di una vanga. Uno scheletro diretto verso Zelli la calpestò e il manico schizzò in su e colpì il demone in pieno viso, procurando a Zelli un attimo di tempo. Non tutti gli scheletri caddero nel tranello di Bauble – anche se, sorprendentemente, furono in molti – e presto Zelli si ritrovò soverchiata e messa all'angolo.

Dietro di lei incombeva la parete della grotta, mentre Snabla cerca di deviare gli incessanti assalti di Hugo, arretrando sempre più e allontanandosi da Allidora, ancora paralizzata, e da Bauble.

«Hugo!» Zelli udì le lacrime nella propria voce. Non era più lui. Non riconosceva la bestia fredda e feroce che li stava assalendo. Dov'era finito l'amico gentile e mite che conoscevano? Doveva essere lì, da qualche parte. Che cosa ne sarebbe stato di lui, una volta libero dal controllo del necromante e consapevole di quello che aveva fatto ai suoi amici?

GRRR!

Zelli alzò la spada contro di lui, esitando fino all'ultimo, ma era l'unica difesa che poteva opporgli, se non avesse risposto ai suoi appelli disperati.

Nei suoi occhi selvaggi non restava nulla del vecchio, dolce Hugo.

Hugo scagliò via con facilità la spada, che cadde ben oltre la portata della ragazza. Quando Snabla si lanciò in avanti per intercettarlo, anche lui fu colpito da un pugno feroce. Zelli lo udì atterrare con un lamento da qualche parte nell'oscurità. Oltre Hugo non vedeva più niente. Né la grotta, né Allidora, né il portale che Lord Fetor stava sicuramente cercando di rievocare…

La presa devastante dell'orsogufo le si strinse intorno al braccio, e con facilità fu sollevata in aria. Hugo spalancò il becco, pronto a dilaniarle la gola. Zelli scalciò e sferrò pugni, inutilmente. Non era un vero minotauro, e non aveva un briciolo della forza dell'orsogufo. Si dimenò, sperando di venire colpita in un punto non vitale.

«Sì!» Udì il grido di esultanza di Lord Fetor echeggiare nella vastità della caverna. «Sì! Divorala! Falla a pezzi, schiavo!»

Aveva senso, pensò lei, con un ultimo grido di terrore. Hugo era un mostro, lei un'umana. Fin dall'inizio, era destino che finisse così.

13

Il becco affilato di Hugo piombò con uno scatto sulla clavicola di Zelli, che udì l'osso sgretolarsi e il sangue caldo schizzare sul mento.

Era pronta a vedere, da un momento all'altro, il suo braccio strappato, penzolante dal becco di Hugo. Invece, stranamente, l'orsogufo si fermò. La sua presa si allentò e Zelli lo udì tossire prima di mollare la presa sulla sua spalla. Hugo la lasciò andare e lei scivolò a terra, viva e vegeta. L'orsogufo, con lo sguardo ancora posseduto, sputò, strofinandosi la lingua con le zampe.

Persino sotto il controllo del necromante, il disgusto di Hugo per la carne prevaleva.

Quel momento di distrazione permise a Snabla di picchiare lo scudo sulla zampa di Hugo. Zelli rovistò tra le ossa degli scheletri disseminate nella caverna finché non trovò un frammento abbastanza affilato da usare come un coltello. Hugo se ne accorse e alzò il braccio per colpirla, ma lei fu più veloce: riuscì a tuffarsi sotto la sua ascella e a tagliare via dal gomito le piume macchiate di viola. La melma si rapprese per terra, in attesa di un'altra vittima da possedere. All'istante, lo sguardo di Hugo si velò per tornare subito vivido. Sollevò le mani e vide il sangue che macchiava i suoi artigli.

«Che... che cosa ho fatto?»

«Nulla a cui un segaossa non possa rimediare» rispose Zelli, con una breve risata di sollievo. La sua spalla sinistra era gravemente ferita, riusciva a malapena a muovere il braccio. Con la mano destra accettò l'aiuto di Hugo, e ancora una volta si erse al suo fianco.

«Sei... Io...»

«*Tu* non hai fatto niente; il necromante ti controllava per mezzo di quella melma magica. Ce ne preoccuperemo più tardi, per ora ringrazia di essere vegetariano» gli disse Zelli, correndo da Allidora, ancora paralizzata, e dalla vanga Bauble, presa d'assalto da troppi scheletri. Uno raccolse la vanga, deciso a spezzarne il manico a metà. Ma Bauble si trasformò giusto in tempo in un pesante baule del tesoro rilegato in pelle e schiacciò lo scheletro sotto il proprio peso.

Ferita, Zelli si lasciò issare sulle spalle di Hugo, mentre lui e Snabla guidavano la carica contro gli ultimi scheletri che sciamavano intorno a Bauble. Senza la sua spada da addestramento, Zelli si sentiva strana e nervosa, ma l'aveva smarrita nel combattimento, e comunque non avrebbe potuto usarla, per come era conciata.

Hugo, infuriato a buon diritto, travolse gli scheletri a suon di pugni, come un qualsiasi orsogufo, ma in questo caso era il *loro* orsogufo. Gli scagnozzi volarono per la caverna uno dopo l'altro, sgretolandosi all'impatto contro la roccia.

Saetta non riuscì a trattenersi dal dissolversi e ricomparire nel punto giusto per afferrare un osso al volo. Mentre Hugo caricava, Saetta si mise a sgranocchiare l'osso, scodinzolante. Zelli immaginò che fosse il suo modo di incoraggiarli. Quel pensiero durò solo un istante, perché Saetta sparì in un *puf* insieme al suo osso.

Infine, Lord Fetor si accorse che il suo potere su Hugo era svanito e cominciò a mormorare un incantesimo sempre più in fretta, facendo scivolare il bastone a cui si reggeva. Il portale era un semplice abbozzo di un ovale viola, debole e opaco. Mentre la sua magia e la sua resistenza scemavano, la barriera che tratteneva Allidora si dissolse, facendola incespicare qualche metro più avanti, confusa e ansimante.

«Prendiamolo!» gridò Zelli e, nonostante l'orribile ferita e il dolore lancinante, trovò la forza di emettere un poderoso ruggito. Ora gli altri erano con lei. Snabla impugnava alto il suo scudo; il baule del tesoro in cui si era tramutato Bauble volava in avanti come un ariete; Hugo brandiva i suoi artigli come lame; Allidora Fendiforte era pronta a colpire con il suo spadone, la cappa azzurra che le fluttuava intorno alle spalle.

Il necromante sogghignò, solo, ormai senza scheletri da rianimare per proteggersi. Ma non si arrese, invece guardò la fila dei villici e dei mostri che lo attendevano obbedienti…

«Non permettiamogli di usare quell'esercito contro di noi! Sono innocenti!» gridò Allidora.

Sbucando dal nulla, Saetta atterrò proprio sulla testa di Lord Fetor, e lo colpì con l'osso che teneva in bocca. Il necromante si agitò e incespicò, più simile in quel momento a un corvo indebolito che a un potente stregone. Gli eroi gli furono addosso, ma Allidora non ebbe bisogno di usare la spada, né Hugo di usare gli artigli. Snabla si fiondò sulle sue gambe, spedendo il necromante in un angolo. Lo circondarono, trionfanti ed esausti, e ripresero fiato mentre il necromante si faceva piccolo piccolo ai loro piedi.

«Marmocchi! Avete fermato me, ma non potrete fermare l'inevitabile. Altri arriveranno; tutti al servizio del mio signore. Le loro anime saranno nostre, e le useremo per i nostri scopi» Ansimò, privo del bastone. Cercò di afferrarlo, ma era troppo tardi. Bauble gli si avvicinò, e il necromante ringhiò: «Che ne sarà di te, inutile creatura? Nulla può darti il potere di contrastare...».

Ma Bauble ne aveva abbastanza; come tutti loro: si trasformò in una padella, e Zelli trovò le forze residue per afferrarla, sollevarla e calarla con tutte le sue forze sulla testa del necromante, che svenne prima di poter terminare il suo misero discorso.

«Non così inutile, dopotutto» rise Bauble, trasformandosi in un libro ancora più pesante.

Allidora Fendiforte si avvicinò al necromante, estrasse un pezzo di fune dalla cintura e lo legò, quindi prese il suo bastone e lo spezzò in due. Dall'arma distrutta si propagò un'onda d'urto, una marea scintillante che spazzò tutta la caverna, quasi atterrando i presenti. Il sortilegio che legava mostri e villici svanì all'istante. A dozzine sbatterono le palpebre, sorpresi di trovarsi nel cuore freddo e profondo di una grotta dimenticata, e non nel letto di casa.

«Calmi!» disse Allidora, prendendo il controllo della situazione. Rinfoderò la spada e alzò le braccia, placando le urla di smarrimento delle vittime. «Non va tutto bene, ma andrà tutto bene…»

«Alcuni sono mostri» sussurrò Zelli, di fianco a lei. «Non voglio che siano feriti.» Indicò una bugbear che spiccava nella fila serpeggiante. Vedendola, la donna al suo fianco gridò, arretrando tra le braccia di un uomo, forse suo marito, che la sostenne e le fece da scudo.

Allidora inarcò un sopracciglio, ma poi annuì in modo deciso e sicuro. «Mmm, capisco.» Quindi si rivolse alla folla mormorante: «Le vostre domande troveranno presto risposta, ma non qui. Non è sicuro rimanere in questa caverna. Tornate da dove siete venuti, il più in fretta possibile».

Doveva aver notato anche lei le uova di ragno. «Tra voi si trovano alcuni individui che potrebbero sembrare dei nemici...» Il suo sguardo vagò lungo la fila di villici, ansiosi e impazienti. «Una bugbear e un goblin, e qui un orsogufo e un coboldo, ma non fate loro del male; anche loro sono caduti vittime dell'incantesimo del necromante. Hanno persino combattuto al mio fianco, anche se solo per questa volta. È Lord Fetor il nostro comune nemico. La colpa di questo disastro ricade sulla sua magia nera, e state certi che lui ne pagherà le conseguenze. Ora, tornate pacificamente alla radura soprastante, e da lì vi scorterò fino al villaggio di Cornalbero.»

«Ma quella è Allidora Fendiforte» disse un uomo, tra i sussurri della folla. «Sarà meglio fare come dice...»

«È un'eroina, non è vero?» disse un altro.

La voce si diffuse lungo tutta la fila. La ragazza halfling a capo della fila fu portata via dalla donna dietro di lei, e pian piano le masse inebetite ripercorsero a ritroso l'angusto ponte di pietra che li aveva condotti così vicini alla rovina. Zelli non poté fare a meno di chiedersi quante persone avessero attraversato il portale prima che riuscissero a fermare Lord Fetor, e dove potessero essere finite. Rabbrividì, impaurita per la loro sorte. Per forza di cose era anche grata della presenza di Allidora. Chissà come avrebbe reagito la folla, se ci fossero stati solo lei e i suoi compagni.

«Sei ferita» disse Allidora, rivolta a Zelli. «Vieni con me. Parleremo lungo la via del ritorno.»

L'avventuriera medicò con destrezza la spalla di Zelli, usando un pezzo di stoffa strappato dal suo mantello, mentre Hugo trasportava sulla spalla il necromante legato e privo di sensi. Gli amici di Zelli si incamminarono per primi, e solo Snabla lanciò un'occhiata curiosa dietro di sé. Sgranò gli occhi quando finalmente si accorse della somiglianza.

«Oh» sussurrò. «Oh!»

Hugo gli diede un colpetto con il piede, e si allontanarono, lasciando alle due umane la giusta riservatezza. Il groviglio di domande, sentimenti e paure che si annodava nello stomaco di Zelli per poco non le fece dimenticare il dolore alla spalla. Strinse la ferita, soffiando tra i denti.

«Devo confessarlo, non mi aspettavo aiuto da... una compagnia così improbabile» disse Allidora, sogghignando. Era lo stesso ghigno di Zelli, e vederlo così chiaramente la lasciò senza fiato. «Quei mostri che il necromante aveva irretito, li conosci?»

«Più o meno» rispose Zelli. Le sembrava che la lingua si fosse gonfiata e irrigidita. «Sono alcuni dei ragazzi più grandi e popolari dell'accademia, neanche ci vedono. Ma quando siamo venuti a salvarli non ci aspettavamo di imbatterci in tutto questo, come dire, *pasticcio*.»

Rimasero in silenzio per un momento, poi Allidora fece vibrare nella gola un suono morbido e meditabondo. Zelli sapeva che cosa stava per succedere, lo sapevano entrambe. I tratti in comune erano troppo evidenti perché anche il più distratto non se ne accorgesse.

Persino Snabla aveva fatto due più due. Era più facile parlare di quello che era appena accaduto, e Zelli sperò di poterlo fare per sempre, senza mai sfiorare la ferita dolorosa che le separava.

Ma poi, ovviamente, Allidora parlò ancora, e il groviglio nelle viscere di Zelli divenne ancora più stretto e insostenibile. «E quando sei venuta a cercarli, quando sei venuta qui, ti aspettavi di trovare tua madre, Zellidora?»

14

Zelli strinse la spalla ferita con la mano destra, mentre il cuore batteva come un tamburo, il suo battito simile a un palpito selvaggio e inarrestabile che la privava di ogni respiro e pensiero. Anche se la ferita pulsava, Allidora Fendiforte l'aveva fasciata con abilità e, nonostante il dolore acuto, Zelli era sicura che sarebbe guarita in poco tempo. Non era così sicura, invece, che potessero fare altrettanto le ferite aperte e sanguinanti del suo passato.

«Non sapevo che cosa avrei trovato» rispose Zelli. Si sfilò la coda finta dai pantaloni, e la mise nello zaino. Fingere e continuare a indossarla era una stupidaggine. «Giravano... voci. Voci della presenza di una Fendiforte dalle parti del villaggio. E così ho rischiato. Ho trovato la tua illustrazione in un libro su...» Esitò. «Sugli *eroi*. Ci assomigliamo così tanto che ho pensato che fossimo imparentate. Quindi ho dato ascolto a quelle voci, ed eccomi qua.»

«Oh, Zellidora» disse la donna, fermandosi e prendendola per mano. Zelli si aspettava di sentire qualcosa, un fremito, ma era solo una mano come un'altra. «Sono felice che tu l'abbia fatto.»

«Nessuno mi chiama Zellidora» borbottò lei. Si voltò e riprese a camminare. Eppure, non poteva fare a meno di gettare di tanto in tanto un'occhiata alla donna che era sua madre. Col tempo sarebbe diventata come lei? Definita, affilata, con le cicatrici a segnarle il viso e gli avambracci, e le spalle larghe e le gambe possenti? «Preferisco Zelli.»

«Zelli.» Allidora assaporò il nome. «Ah. Alla tua età ero uguale, odiavo il mio nome. Tutti, dal panettiere al maestro di spada, dovevano chiamarmi Alli.»

"Non significa niente. Non significa che siamo uguali" pensò Zelli, scrollando le spalle e trasalendo per il dolore. «Pensavo che avrei avuto delle domande. Ora non so da dove cominciare.»

«Io sì.» Allidora sospirò e scosse la testa, i ricci le ondeggiarono sulla nuca. Man mano che si avvicinavano alla superficie, la temperatura aumentava, e di tanto in tanto le torce sfrigolavano. Tuttavia il livello più alto della caverna ancora non si vedeva. Avevano tempo. «Ti devo molto, ma comincerò con una scusa. E una spiegazione.»

«Non mi servono» disse Zelli chiaro e tondo, torcendosi le mani. Ma perché cercare di fermare la madre? In fondo era quello il motivo per cui era venuta, il motivo per cui aveva rischiato la propria vita e quella degli altri... Ma ora era troppo vicina, troppo reale, e l'idea che la verità potesse ferirla fino a quel momento non le era passata per la testa. Qualsiasi cosa era meglio della consapevolezza che la famiglia l'aveva abbandonata per motivi stupidi.

«*Devi* sapere» la interruppe Allidora. Sbuffò, tirò indietro le spalle e il collo schioccò come un ramo nel cuore della notte. «So che non mi crederai, Zellidora. Scusa, Zelli. Ma quel giorno ti ho messo in una cesta perché ti amavo più di ogni altra cosa. Ma, soprattutto, perché volevo che sopravvivessi. Mi spiace per ciò che ho fatto, ma non per averti amata al punto da tentare di risparmiarti la vita che conduco io.»

Passarono di fianco a un'altra torcia infissa su una stalattite e, mentre entrambe erano circonfuse dalla luce calda, Allidora alzò la mano destra, piegandola avanti e indietro. Aveva un dito leggermente più corto del dovuto, e la pelle visibile sotto un bracciale era segnata da cicatrici. «Un giorno i miei genitori si misero in viaggio per affrontare un drago a sud della soglia di Baldur. Prima, però, mio padre mi mise a sedere di fianco al focolare e accese una grossa candela. Mi disse che sarebbero tornati prima che si fosse sciolta del tutto.» Premette le labbra e guardò Zelli di sbieco. «La candela si esaurì. E così un'altra, e un'altra ancora. Il fuoco si estinse e la casa divenne fredda, e i miei genitori non tornarono mai. I Fendiforte non scelgono la vita da avventurieri; gli viene data una spada in mano prima ancora che riescano a brandirla. Tutto il resto è difficile, sanguinoso, e finisce prima ancora di cominciare.»

Si sfogò con una risata amara, e sfiorò il bendaggio di Zelli. «Speravo che potessi trovare una brava famiglia di contadini, o che potessi diventare la figlia di un libraio, che tutto questo ti fosse risparmiato, che non ti toccasse mai di restare a fissare candele bruciare mentre il tuo cuore finiva in cenere. Ma immagino che il sangue è sangue. L'avventura ti ha trovata, nonostante i miei tentativi.» Si fermò e guardò lontano, incupita. «Ti ho cercata, sai. Pensavo che mi sarei messa il cuore in pace se ti avessi ritrovata, ma per quanto chiedessi in giro, per quante lettere inviassi, nessuno ha mai saputo dirmi dov'eri finita. L'idea che ti fosse successo qualcosa mi faceva... soffrire.»

Zelli si fermò su un'ampia piattaforma, mentre la fila serpeggiante di villici e mostri proseguiva verso la luce. «Mi avevi voluta?»

«Sì, ti volevo. Ti *volevamo*. Anche tuo padre, che non c'è più, ucciso da un drago bianco tre inverni fa. Ma volerti non era abbastanza. Era molto più urgente proteggerti, assicurarsi che non diventassi un'altra avventuriera sconfitta. Pensai che la cosa migliore fosse darti una scelta. La scelta più serena. Avrei perso qualcosa, ma tu ci avresti guadagnato.» Allidora guardò oltre sua figlia, verso Hugo, Snabla, Bauble e Saetta. «Ma il fato a cui ti ho destinata... Che cosa ho fatto? Quei mostri... Sono loro la tua gente, ora?»

Zelli non gradì il suo tono e, incupita, glielo dimostrò dirigendosi rapidamente e senza dire una parola verso il ponte successivo. Le uova e le ragnatele non c'erano più. Erano quasi fuori da quel posto maledetto.

«Non volevo offenderti» disse sua madre, raggiungendola con facilità.

«Ma l'hai fatto.» Zelli sferrò un pugno contro l'aria, mentre gli occhi le si riempivano di lacrime calde e brucianti. «Senza di noi non avresti sconfitto Lord Fetor, ricordi? Sono i miei *amici*. Su di *loro* posso contare. Hugo è placido e gentile, non parla mai male di nessuno. Bauble sarà pure un mutaforma, ma ha un'intelligenza eccezionale. E Snabla? Si è gettato nel fuoco con uno scudo di legno, non sapeva che fosse magico. Era pronto a morire per tutti noi! Se quello non è coraggio, allora che cosa lo è? Non sono solo dei mostri. Potresti imparare molto da loro.»

Allidora chinò il capo, cosa che non le si addiceva. Era difficile immaginare l'audace guerriera con un'espressione che non fosse coraggiosa e sicura. «Capisco. Immagino di essermelo meritato.» La sua superbia era svanita. Riprendendosi, osservò Zelli da dietro un riccio ribelle che le ondeggiava sulla fronte. «Non devi raccontarmi la tua storia, o quello che è successo, o come te la sei cavata in questi undici anni. Non è mio diritto saperlo. Ma c'è una cosa che vorrei chiederti...»

«*Una*» ripeté Zelli con decisione. Una cosa poteva concedergliela.

«Preferisci quella vita?» chiese Allidora Fendiforte, tenendosi a distanza. Avevano raggiunto la piattaforma più luminosa, l'ultima prima dell'imboccatura della caverna. Il pavimento era cosparso delle ossa dei servi di Lord Fetor, e una luce magenta si riversava sulla pietra. «Ti senti davvero parte di tutto ciò? Come se fosse la tua casa? Ma come è possibile? Una Fendiforte che vive tra... Non sembra normale.»

Fuori, Hugo, Snabla, Bauble e Saetta la attendevano. Hugo dondolava senza sosta da un piede all'altro, lanciando occhiate nervose.

Il suo posto era con loro o con la donna, l'umana, che attendeva con impazienza la sua risposta?

«Mi sembra tutto sbagliato. Pensavo che l'incontro con te, o con qualcun altro della mia famiglia, avrebbe chiarito tutto, che avrei capito subito che il mio posto è con te, e che mi sarei potuta lasciare l'altra vita alle spalle, che tutto sarebbe stato più facile» sospirò Zelli. «E invece non è per nulla facile. Non c'è alcun senso.»

«Potresti venire con me. Ora che so che non ti si può tenere lontana da una spada, potrei addestrarti io stessa.» Sollevò la propria lama, mostrandone la pregevole fattura, l'affilatura e il peso. «Almeno, se sono al tuo fianco, ti saprò al sicuro. Vieni, Zellidora. Sei una Fendiforte. Questa vita, queste lame, questi onori sono tuoi per diritto di nascita.»

«Zelli?» Hugo aveva gettato un timido richiamo nella caverna. Dalla loro posizione probabilmente non vedevano un granché. La stavano aspettando, lei sentì un pizzicore ai calcagni e inaspettatamente seppe qual era la risposta.

Prese il distintivo che aveva infilato nella cintura e, pensierosa, strofinò il pollice sull'incisione. Allidora fissò il simbolo, poi sorrise e annuì. Il suo diritto di nascita. Ma il metallo era freddo, vuoto, più simile a una spilla da balia che a qualcosa che voleva ereditare.

Zelli porse il distintivo alla madre. «Puoi riprendertelo. Ho già qualcuno che mi addestra e mi protegge. E lo fa da quando sono nata» disse con semplicità.

Allidora si accigliò e sospirò, chiudendo le dita di Zelli sul distintivo. «Tienilo. Un giorno potrebbe servirti. I simboli dei Fendiforte non sono semplici decorazioni; sono incantati con una magia potente. Si chiamano l'un l'altro. Nel nostro clan tutti ne abbiamo uno. Se dovessi avere bisogno di me, stringilo e pronuncia queste parole: "Per la spada e per la luce, Talos guida la mia vista, evoca la mia gente, richiama i Fendiforte". Te le ricordi?»

Zelli ripeté le parole nella sua testa e annuì.

«Il distintivo diventerà una specie di faro che mi permetterà di trovarti e, se pronunci quelle parole, verrò. Posso chiederti… La gente che ti ha trovato… Chi, che *cosa* sono?»

Zelli serrò le palpebre. «Non penso che tu voglia saperlo. Tutta la tua vita è una caccia al mostro, lo stesso genere di creature che mi ha dato una famiglia. Ti basti sapere che mi vogliono bene.» Abbassò il mento e sentì di nuovo il bisogno di piangere. Stavolta lasciò scorrere le lacrime e capì che non stava piangendo per Allidora o per la vita che non aveva vissuto con lei, ma per le madri da cui era scappata. «Mi vogliono bene e io… le ho abbandonate. Come tu hai fatto con me.»

Allidora vacillò sotto quel colpo, poi raddrizzò le spalle e mise la sua mano forte sulla spalla sana di Zelli. «Se ti vogliono bene, se sono la tua vera famiglia, ti perdoneranno. Io lo farei. Il motivo per cui te ne sei andata è importante. Senti, io… non ti chiedo di perdonarmi, Zelli, ma sei sicura? Sei sicura che è questo che vuoi?»

«No» disse Zelli. «Ma la mia risposta non cambia.»

«Allora prendi questo» rispose Allidora, lanciandosi improvvisamente in avanti e avvolgendo Zelli tra le braccia. La strinse per un attimo e Zelli si irrigidì, ma le concesse quel momento. Quando Allidora si ritrasse, non le risparmiò un'altra occhiata intensa, ma si affrettò a uscire dalla caverna, con la voce ridotta a un sospiro. «Se mai cambierai idea, ti aspetterò.»

15

Grazie al cielo illuminato, Zelli vide con chiarezza il terreno fuori dalla caverna. A ovest le onde si abbattevano su scogli frastagliati e a est la foresta si estendeva, fitta e minacciosa, con gli alberi solitari ai margini che si ergevano come picche affilate a guardia di una città buia e addormentata. Un sentiero si addentrava nel bosco, macchiato di melma viola e coperto di orme. I villici attendevano lì, tenendosi a distanza di sicurezza da quel che restava del sortilegio che li aveva portati sotto il controllo del necromante.

E, ovviamente, molto più a sud si trovava il vago contorno dell'anonima montagna che chiamavano "casa". Zelli non aveva messo in conto di allontanarsi così tanto per poi ritrovarsi a rimpiangerla, ma questo era.

Allidora Fendiforte ispezionò i suoi compagni

con un cipiglio penetrante. Hugo strinse Zelli in un grande abbraccio, poi si ricordò del suo braccio ferito e la lasciò andare. «Oh! Perdonami, perdonami!» gridò.

Snabla alzò lo scudo in segno di saluto, mentre Saetta sbucò fuori dalla sacca per dare alla ragazza una lunga leccata sulla guancia.

Dopo aver visto la scena, Allidora si sistemò la tracolla che reggeva la spada e rivolse un cenno a Zelli. Zelli avrebbe meditato a lungo sul significato di quel cenno.

«Porterò un po' di questa schifezza viola alla mia gilda» disse l'avventuriera. «Fetor non è il primo necromante avvistato in questa regione e temo non sarà l'ultimo. Il suo padrone, chiunque egli sia, tornerà presto a cercarlo.» Scosse la testa e si diresse verso i villici, preparandosi a guidarli nel viaggio di ritorno verso le loro case bruciate. I tetti potevano essere riparati e le mura ricostruite, ma l'assenza di coloro che avevano varcato il portale sarebbe pesata fino a un loro eventuale ritrovamento. «Zellidora, ho il presentimento che ci rivedremo.»

«Zelli» la corresse lei. E, tirate fuori le corna e la piccola coda, stropicciata ma intatta, le indossò con fierezza.

Allidora sbuffò impercettibilmente.

«Giusto.»

Quando la donna fu abbastanza lontana, Snabla disse, rivolto a Zelli: «Gli umani con gli umani. Perché sssei ancora qui?».

«Non lo so» rispose lei, e un po' era vero. «Zelli Colpotonante suona meglio.»

Hugo schiuse il becco a mo' di sorriso e piegò la testa di lato, con le penne del collo arruffate. «Hai attraversato il labirinto» disse l'orsogufo. «E hai trovato il minotauro.»

Alzando gli occhi al cielo, Zelli trascinò il suo corpo esausto verso la caverna, inginocchiandosi per osservare la sostanza violacea che si era rappresa sullo scheletro che avevano sconfitto. «Come sei stucchevole.»

Ma non disse che non era vero.

«Dovremmo prenderne un po' anche noi» disse il libro Bauble dalla borsa di Hugo, dove era stipato insieme alla sua fedele compagna, Saetta. A furia di distruggere scheletri, il cane intermittente si era stancato, e ora russava piano. «I professori dell'accademia vorranno studiarla.»

«Dove sono gli altri?» chiese Zelli, scrutando il vasto orizzonte, illuminato dalla luce dorata che gettava un bagliore scintillante su tutto il panorama.

«Laggiù!» Hugo indicò la costa. I villici si erano già inoltrati nei boschi, guidati da Allidora.

Zelli colse un ultimo scorcio del suo mantello, poi l'avventuriera, l'*orribile umana* in carne e ossa, sparì.

Mentre Zelli scrutava l'alba, vide delinearsi l'inconfondibile sagoma rotonda e bitorzoluta del preside Zxaticus. Il beholder fluttuava lungo la costa, diretto verso di loro. C'erano anche i loro compagni Patty e Sbudello, persi e ritrovati, e il professor Trucchetto, prigioniero del cubo gelatinoso, oltre a un carro piuttosto elaborato, che Zelli capì subito essere il professor Vice Versa.

La bugbear e il goblin sembravano storditi e fissavano gli insegnanti con un'espressione da cuccioli smarriti.

«Professori!» esclamò Bauble, rimbalzando sulla schiena di Hugo mentre si affrettavano ad andare incontro agli adulti.

Tondo, immenso e tentacolare, l'occhio penetrante del preside Zxaticus li ispezionò dalla testa ai piedi. Il suo sguardo indugiò su Zelli, con la coda storta e la spalla che sanguinava ancora sotto il bendaggio.

«A quanto pare non siamo i primi venuti a investigare» disse il professor Trucchetto da dentro la melma verde. «Le preoccupazioni di Kifin Colpotonante erano fondate.»

«A quanto pare» tuonò il preside. Il suo sguardo e il suo tono di rimprovero mettevano i brividi. Hugo, in particolare, sembrava pronto a farsi uccel di bosco. Ma la voce del beholder si ammorbidì e il suo corpo sferico ondeggiò da una parte all'altra, come se stesse scuotendo la testa. «Per tutti gli dèi e i giuramenti, che vi è saltato in testa?»

Guardò di nuovo Zelli, e lei ammutolì.

«Ma li abbiamo salvati!» esclamò Bauble, appena visibile dietro la spalla di Hugo. «Volevamo solo salvare i nostri compagni.»

La sua voce si ridusse a uno stridio. «Siamo... siamo eroi.»

«Eroi, come no!» gridò Vice Versa, che ora li fissava con occhi rabbiosi. «Bauble Efemera Ciocce Quarantasettesimo, quando i tuoi genitori verranno a saperlo...»

«Ma è vero» disse il goblin Sbudello, guardando nervosamente prima un professore e poi l'altro. «Quando sono tornato in me, li ho visti ergersi vittoriosi sul necromante.» Indicò la sagoma inerme di Lord Fetor che Hugo, senza troppe cerimonie, aveva scaricato di fianco all'ingresso della grotta. «Sono stati loro!»

Se le testimonianze di Patty e Sbudello non erano sufficienti, allora la condizione di Lord Fetor doveva almeno certificare il loro coinvolgimento. Prima di lasciare il necromante ai professori, Snabla

aveva insistito per usare una fascia della borsa di Hugo per appendergli al collo un cartello con su scritto PUZZONE.

Bauble l'aveva aiutato a scriverlo correttamente.

«L'hanno sconfitto» aggiunse Patty, più timida di Sbudello, apparentemente intimorita dalla presenza del coboldo. «Insieme all'avventuriera umana!»

Poi fissò le corna posticce di Zelli e la verità sulla sua natura umana si fece lentamente strada in lei. Zelli fece un passo dietro Hugo, come per nascondersi.

«Mmm, interessante. *Molto* interessante. Comunque abbiano fatto, meritano il nostro rispetto.» Il tono del preside mutò, sempre più severo e pungente, e sembrava rivolto a Patty e Sbudello. «Mi aspetto che, una volta tornati a scuola, non ci sarà alcuna discussione su come è stato sconfitto il necromante. Inoltre, dopo un evento così traumatico, vi chiedo di recarvi dal nostro consulente scolastico, Nihildris.»

Sbudello gemette e alzò gli occhi al cielo, ma Patty gli sferrò una gomitata nello stomaco. Nessuno voleva essere convocato nello studio del consulente. Nihildris, il Mind Flayer, avrebbe arricciato i suoi inquietanti tentacoli tra le dita e, più che dare consigli, si sarebbe introdotto direttamente nel loro cervello.

Zelli temeva che Patty e Sbudello non avrebbero ascoltato né il preside né il consulente e che il suo segreto, il suo segreto *umano,* presto non sarebbe stato più tale. Aveva sempre sospettato che lo staff ne fosse a conoscenza e che nessuno dicesse nulla per fare un favore a Kifin. Zelli, in quanto unico studente minotauro della scuola, aveva potuto contare su un alone di mistero, ma ora sarebbe stata al centro dell'attenzione.

Infine, lo sguardo del beholder si volse verso il necromante. «Pare che con lo staff avremo molto da discutere, e molto da discernere. Ci porteremo via il necromante, e lo... *interrogheremo.*»

«Secondo l'avventuriera ce ne sono altri in zona» disse Bauble, ritrovando la voce. «Alcuni studenti sono passati da un portale evocato da lui, ma non sappiamo dove volesse portarli.»

«Ha parlato di un p-padrone» balbettò Hugo.

«Un padrone puzzone» disse Snabla. «Un sssignore che sssta radunando un esercito di anime, e che verrà a prendere tutti i villici e gli studenti.»

«Studenti? La faccenda si fa grave.» Il preside Zxaticus si irrigidì, come gli altri professori.

Avevano paura? «Molto grave. Abbiamo molto da fare per individuare gli studenti rapiti.» Poi fece una pausa. «*Noi*, in qualità di professori. *Voi* quattro non compirete nessun'altra azione eroica. E non pensate che il vostro successo vi scampi dalla punizione» ruggì il preside. «L'infrazione del coprifuoco e l'abbandono delle pertinenze scolastiche avranno delle conseguenze, nonostante le vostre nobili intenzioni!»

Fissò di nuovo la sua grande pupilla e tutti i suoi tentacoli occhiuti su Zelli, e lei capì che la conversazione era tutt'altro che finita.

Poteva solo immaginare che cosa avevano pensato tutti quando la loro assenza e la sua nota d'addio erano state scoperte. Affrontare il preside, tuttavia, era una bazzecola rispetto all'idea di affrontare le sue madri.

Il preside fluttuò via per ispezionare il necromante, mentre il professor Trucchetto portava via Patty e Sbudello per interrogarli. Vice Versa seguì il preside, senza dubbio pronto a trasportare il prigioniero.

«Ssstupidi adulti, perché preoccuparsi per noi? Noi aiutiamo! Noi sssalviamo!» Snabla raspò a terra con le zampette unghiute.

«È una fortuna che non ci abbiano espulsi» sospirò Zelli. Si strofinò gli occhi con una mano e sbadigliò. Erano ricoperti di fango e frammenti di ossa, i vestiti erano strappati e le ginocchia sbucciate. «Spero che Zxaticus ci teletrasporti indietro. Non credo di poter fare un altro passo.»

«Ma tu sei certa della tua scelta?» chiese Hugo, guardandola dall'alto in basso. «Nessuno di noi penserebbe male di te, se decidessi di andartene e unirti alla tua gente.»

«Sssnabla penserebbe male!» strillò il coboldo, incrociando le braccia al petto.

«Sì» ridacchiò lei, «ne sono certa. Inoltre, ora siete la mia compagnia di avventurieri, no? E la compagnia non si divide mai.»

16

«Posso spiegare» sussurrò Zelli. Era l'unica cosa che le era venuta in mente di dire, di fronte a due minotauri inferociti. La ferocia divenne sorpresa e infine sollievo, e un attimo dopo Zelli fu afferrata da due paia di braccia molto forti e molto pelose.

Il preside si era fatto impietosire dagli studenti e li aveva teletrasportati all'accademia, risparmiando loro il faticoso viaggio di ritorno. Ancora coperta di fango, maleodorante, sanguinante e stravolta, Zelli si era fatta strada fino alle modeste stanze assegnate alla madre in qualità di membro dello staff scolastico. Persino la breve camminata dall'ufficio del preside fino a lì la lasciò grandemente affaticata, e quando spinse la grande porta di legno nodosa, la vista e gli odori familiari per poco non la stesero.

Il tappeto del salotto sembrava invitarla a un meritato pisolino.

E invece le sue madri corsero ad abbracciarla, e nel momento in cui la tirarono su, Zelli seppe di aver fatto la scelta giusta.

«Non devi spiegarci niente» le disse la professoressa Colpotonante, mettendola a terra ma senza mollare la presa. «Ci siamo sempre preoccupate... E dal primo istante abbiamo saputo che prima o poi te lo saresti chiesta anche tu.»

«Ma sei tornata» disse Iasme, congiungendo le mani e inginocchiandosi. Poi infilò la mano tra i capelli di Zelli. «Sei tornata da noi; è l'unica cosa che conta.»

«M-ma mi dispiace» borbottò Zelli. Forse solo in quel momento, sana e salva per davvero, si accorse di quanto aveva rischiato. Molti avventurieri abili ed esperti si erano imbattuti nei negromanti, pagando con la vita. Si accasciò sul pavimento, svuotata, e sotto le dita sentì il tocco confortante del tappeto, una cosa da niente, eppure così rassicurante.

Casa.

«Il mio posto è qui» disse dolcemente, sedendosi sui talloni e sforzandosi di sorridere. «Questa è casa mia.»

«Sì, casa» ripeté la professoressa Colpotonante, imitando il sorriso della figlia, forse non alla perfezione, ma alla maniera dei minotauri. «La casa della tua famiglia.»

Zelli avrebbe voluto dire tante cose, ma non lo fece. Non poteva. Forse un giorno queste cose sarebbero venute tutte a galla e, una volta messe in ordine, avrebbe potuto spiegare la confusione e le emozioni che aveva provato combattendo al fianco della sua mamma naturale. Ma non era ancora il momento. Come poteva spiegare tutto senza sembrare pazza o, peggio, ingrata?

"Ho conosciuto mia madre, ma la sensazione era diversa. C'erano solo una faccia e una voce come le mie; non c'era amore, né gratitudine, né ricordi. Non ero sua, e lei non era mia" rifletté. "Mi mancava questo: il piccolo focolare con la canna fumaria annerita, le copertine orrende di Iasme, i vecchi stendardi dei loro giorni all'accademia, le sedie scompagnate, una un po' più alta per farmi arrivare al tavolo..."

«Scusa se ti ho rovinato il compleanno, mi spiace» disse invece.

«Sei di nuovo qui con noi.» Con cautela, la professoressa sollevò il mento di Zelli e scosse la criniera, sospirando. «È il miglior regalo possibile. Ora che sei al sicuro, non c'è nulla che non vada.»

«Oh, invece sì!» esclamò Iasme, notando la fasciatura attorno alla spalla di Zelli. Il minotauro si alzò in piedi e corse in cucina, rovistando nella credenza e borbottando.

«Abbiamo sconfitto un necromante» le disse Zelli, ancora incredula.

Sua madre non sembrò affatto sorpresa. «Certo che l'hai fatto, Zelli. Sei l'orgoglio di noi Colpotonante!»

E poi, ovviamente, la ferita divenne la cosa più importante, cominciarono le prevedibili discussioni, e tutto andava bene così. Persino quello che solitamente indisponeva Zelli era qualcosa di buono, qualcosa che le sarebbe mancato.

"Casa" pensò. "Ora posso riposare!"

Nel refettorio non era cambiato praticamente nulla. I goblin mangiavano con i goblin, le melme con le melme, e i miconidi si moltiplicavano con altri miconidi.

In un giorno come tanti, un gelido pomeriggio d'inverno prima della pausa semestrale, Zelli sedeva in fondo a un tavolo mezzo rotto, con le corna in testa e la coda infilata nei pantaloni, ad ascoltare Snabla che, per l'ennesima volta, raccontava la leggenda della loro grande vittoria sul necromante. «E allora Zelli Colpotonante presse la padella e la abbatté sulla sssua tesssta!»

Tutti i presenti sapevano che, a causa della conformazione della sua dentatura, per Snabla era particolarmente difficile pronunciare la lettera esse. Nessuno tuttavia protestò per i continui sputacchi che finivano nei loro piatti e, come se nulla fosse, li ripulirono con discrezione mentre il coboldo continuava a blaterare.

Zelli sorrise tra sé e sé, con la testa altrove. Il pensiero della caverna e dell'esercito di scheletri richiamato dalla voce del necromante le accelerò il battito. Per un po' aveva avuto degli incubi orribili, e aveva dovuto dormire in mezzo alle mamme minotauro. Infilò una mano nella cintura e tastò il distintivo dei Fendiforte, da cui non si separava mai. L'aveva nascosto, non dimenticato.

L'incontro con Allidora ormai le sembrava un sogno, così come il suo primo incontro con un altro essere umano. Pensava che avrebbe provato chissà cosa, e che tutto sarebbe stato chiaro. Qualche settimana dopo, non c'era ancora nulla di chiaro ma non avvertiva nemmeno lo spettro del rimpianto, così stabilì che era una vittoria.

«La racconti male» mugugnò Bauble. Stava per correggere ogni errore di Snabla, quando Sbudello si avvicinò al tavolo, con in mano un cosciotto e gli occhi che saettavano di qua e di là. Il goblin rivolse al gruppo un rapido cenno di riconoscenza che, nemmeno dopo il loro eroico salvataggio, Zelli sapeva di poter dare per scontato.

Si chiese se lui e Patty avessero riscritto tutto nella loro testa. A volte Zelli si sorprendeva a fare lo stesso. A volte ricordava di aver sconfitto una dozzina di scheletri, altre volte una ventina. Forse Patty e Sbudello non volevano ammettere che un pugno di stupidi marmocchi aveva salvato la situazione, e che avevano dovuto allearsi con una vile umana per riuscirci. Forse era più facile fare finta di niente, e lasciare tutto come stava.

Ma non era possibile. Zelli si sentì urtare da un grosso gomito e incrociò lo sguardo di Hugo. Sapeva che lui stava pensando la stessa cosa. Gli altri studenti erano ancora là fuori. Perduti.

«I professori li troveranno» mormorò Hugo, molto meno chiassoso di Snabla.

«Lo so» disse Zelli, ma non era vero. Non gli aveva detto, e ancora non poteva dirglielo, che aveva sentito i discorsi delle sue madri sugli studenti perduti.

Zxaticus avrebbe voluto l'aiuto di Zelli, Hugo, Bauble e Snabla per ritrovare i dispersi. Erano gli unici ad aver affrontato e sconfitto il necromante, e il loro contributo poteva essere utile. Iasme e Kifin, prevedibilmente, non erano entusiaste di questo sviluppo.

Sembravano tutti così fieri e orgogliosi di sé che non sembrava giusto abbattere il morale. Inoltre, di tempo per raccontargli la notizia ce n'era in abbondanza. E magari Zxaticus avrebbe cambiato idea. Zelli non sapeva se era ciò che desiderava davvero.

«Ehi!» Bauble li interruppe all'improvviso, così forte da far sussultare Saetta, che riposava nella cartella di Hugo.

Il cane intermittente scivolò fuori, rovesciando il latte di Zelli. Il caos durò un solo istante, perché Saetta si mise subito a leccarlo. Prima che Hugo richiudesse la borsa con imbarazzo, Zelli vide quattro libri, un miscuglio di erbe, un preoccupante numero di funghi, terra e un mucchio di carote.

«Sssarà meglio che è importante» sbottò Snabla.

Zelli prese in braccio Saetta e se la mise in grembo.

La cagnolina si addormentò prima ancora che Bauble ricominciasse a parlare.

«Non ci siamo mai dati un nome» disse Bauble, in forma di libro, in cima a una pila di tomi per poter essere visibile a tutti. «Se siamo una vera compagnia di avventurieri, ci serve un nome.»

Snabla roteò i suoi occhietti da rettile. «Ancora con quesssta ssstoria.»

«Lo sapete che non saremo mai d'accordo» ricordò Zelli.

«Le Ssserpi di Sssnabla!» gridò il coboldo, picchiando il pugno sul tavolo e rischiando di rovesciare di nuovo il latte. «Sssnabla per tutti e tutti per Sssnabla! Coboldi d'asssalto! Ssservi di Sssnabla!»

«Oh!» sorrise Hugo, congiungendo timidamente le mani sul tavolo, con le piume erte per l'emozione. Aveva già mangiato la sua insalata, lasciando nel piatto solo il cappello di un funghetto. «Avrei un'idea.»

«Sssarà ssstupida, ma sssentiamo» rispose Snabla, mettendo il broncio.

«Sentiamo, allora» lo incoraggiò Bauble.

Zelli non disse nulla, ma mollò la presa sul distintivo, rivolgendo a Hugo la più totale attenzione. Era lieta che avesse finalmente smesso di inviarle nel dormitorio degli elaborati bigliettini di scuse dove esprimeva il proprio orrore per averle quasi divorato il braccio. La prima volta era stato carino ma, alla quinta lettera, la melma che divideva la stanza con lei aveva cominciato a farsi l'impressione sbagliata.

«Avanti, dai» disse Zelli. «Come dovremmo chiamarci?»

«Forse dovrei cominciare con una breve introduzione, spiegando il motivo della mia scelta. Vedete. Cominciò tutto nel 1220 CV, quando il principe delle tenebre...»

«Ssspara!»

«Va bene.» Le piume di Hugo si gonfiarono ancora di più, ma poi trasse un profondo respiro e spiegò le braccia. «Gli Spericolati.»

«Gli Spericolati» ripeté Zelli, sentendo come suonava. «Va bene. Mi piace, ci sta.»

La bocca cartacea di Bauble si piegò di lato. «Approvo, ma Snabla non lo farà mai.»

«Ah! Ed ecco quanto poco ne sssai, sciocco. A Sssnabla piace!»

«Allora è deciso» cinguettò Bauble, modificando appena il proprio aspetto. Sotto i loro occhi, le lettere ornate sulla copertina mutarono fino a trasformarsi in una scritta ricca di svolazzi: *Le più audaci imprese e leggende degli Spericolati.*

«Imprese» lesse Hugo, tirando indietro la testa per la sorpresa. «Ma ne abbiamo portata a termine solo una. Significa che non abbiamo ancora finito?»

Zelli afferrò il cucchiaio e fissando il suo porridge sorrise. «Finito? Dobbiamo ancora trovare i nostri compagni. Non abbiamo, finito, Hugo. Il diploma è ancora molto, molto lontano. Abbiamo appena cominciato.»